晋西老翁 著

垂钓日记

CHUIDIAO RIJI

山西出版传媒集团
山西经济出版社

图书在版编目（CIP）数据

垂钓日记 / 山西老翁著. —太原：山西经济出版社，2012.6

ISBN 978-7-80767-545-7

Ⅰ. ①垂… Ⅱ. ①山… Ⅲ. ①日记—作品—集中国—当代 Ⅳ. ①I267.5

中国版本图书馆CIP数据核字（2012）第128552号

垂钓日记

著　　者	山西老翁
出 版 人	赵建廷
特邀编辑	席香妮
责任编辑	董利斌
助理责编	郭正卿
装帧设计	赵　浅
出 版 者	山西出版传媒集团·山西经济出版社
地　　址	太原市建设南路21号
邮　　编	030012
电　　话	0351-4922133（发行中心）
	0351-4922085（综合办）
E—mail	sxjjfx@163.com
	jingjshb@sxskcb.com
网　　址	www.sxjjcb.com
经 销 者	山西出版传媒集团·山西经济出版社
承 印 者	山西省美术印务有限责任公司
开　　本	787mm×1092mm　1/16
印　　张	13
字　　数	203千字
印　　数	1-3 000册
版　　次	2012年7月　第1版
印　　次	2012年7月　第1次印刷
书　　号	ISBN 978-7-80767-545-7
定　　价	40.00元

自序

钓鱼歌

老钓翁，
一钓竿，
靠山崖，
傍水湾，
扁舟往来无牵绊。
沙鸥点点轻波远，
荻港萧萧白昼寒，
高歌一曲斜阳晚。
一霎时，
波摇金影，
蓦抬头，
月上东山。

我自喻为老翁，受感于清代郑板桥《道情·老渔翁》一诗，亦称《钓鱼歌》。《歌》中唱道："老钓翁，一钓竿，靠山崖，傍水湾，扁舟往来无牵绊。沙鸥点点轻波远，荻港萧萧白昼寒，高歌一曲斜阳晚。一霎时，波摇金影，蓦抬头，月上东山。"板桥洋洋洒洒的诗句把垂钓的情景和心境描写得淋漓尽致，令人击节叫绝。

斗胆把自己比喻为老翁，因自幼喜爱钓鱼，算起钓龄已有四十余载。儿提时抽取一根长竹做竿，弯一缝衣针做钓钩，挖一罐蚯蚓当饵，常常和小伙伴们到芦苇塘、小河边钓小鲫鱼、小泥鳅。迄今，提及垂钓，仍如痴如醉。

喜钓而无师，我没加入过什么协会，早已跟不上现代垂钓的潮流了。然而我因垂钓成癖，结识和脸熟的钓友却是很多很多，他们都是我垂钓的老师，否则我更是无法与时俱进了。

依我之管见，是否可把垂钓大致分为三类：一是以捕食或维以生计的垂钓；二是体育运动中的竞技垂钓；三是陶情逸性的休闲垂钓。三者或者互有涵盖。前者，我虽酷爱垂钓，并不喜食鱼；其次，我极少参加竞技垂钓，不仅因为钓技差，更主要的是我不善在持续紧张的节奏和情绪中感受垂钓；后者，属我所钟爱。我试图把从念头初起，到准备、出行、垂钓、返程等各个环节看做是休闲垂钓的整个过程，把垂钓演绎在人与自然的和谐融洽之中，在悠闲中吸纳自然气息，放松自我，品味感觉。闲暇之时，与钓友相约而行，或山涧溪流，或水库湖泊，或林荫塘边，或江河湖海，在大自然的怀抱中，接受拂面清风，阳光沐浴，任凭风吹日晒雨淋，磨砺自我。垂钓时刻，置身悠悠蓝天白云之中，持竿融于青波绿水，时而凝神聚气，时而修身养息，心无思虑之忧，思绪放飞成诗成歌。垂钓之后，体虽疲累，却感茶香梦甜，余味无穷。数十年来，品味休闲垂钓，深感益身、益心、益友、益情，不断追求垂钓的新的感觉和境界，其乐无穷。

2006年，终于实现了海钓的愿望，对垂钓有了新的感知。遂将信手写来的几篇垂钓日记开始整理成册，准备留给自己年迈不便出行垂钓时，斜倚床头，翻翻此一生喜好的趣事记载，留些美好的回忆，为将来的日子少一点缺憾。

前两年，我结识二十多年的好友、山西经济出版社社长赵建廷偶知我写的几篇垂钓日记，便不断鼓励我筛选几篇，出版一个小册子，以飨钓友，并反复斟酌，推荐了北岳文艺出版社席香妮编审为我审稿。在此，特向二位表示深深谢意。

此小册子中的人物、情景、过程，包括心情和感悟等所有内容完全是写实的，不敢有半点夸张，不然，按照日记体裁，失真了就没有任何意义了。可惜的是没有欲整理成册的超前准备，加之垂钓中也时常无暇顾及，能附上的照片不足，的确很感遗憾。一些照片是随行钓友所摄，在此一并表示感谢。

还有一点需要说明，自称为老翁的我还远远达不到那种很高的钓境，文笔也显拙劣，更展示不出板桥所书"写取一枝清瘦竹，秋风江上作渔竿"的那种垂钓境界。

钓无止境。

2006年11月9日于太原自勉
2012年4月23日修改于西安

目录

2006年
"战"安昌 ······ 1
金玉渔苑垂钓 ······ 9
云竹风光掠影 ······ 14
酣"战"汾河二库 ······ 20
橙黄的日·橙黄的月 ······ 28
小黄钓趣三则 ······ 31
初次海钓 ······ 34
黄骅港海钓 ······ 40
再"战"黄骅港 ······ 45

2007年
我想在"老网"上叙说
　　——在儿子高考的日子里 ······ 53

2009年
长岛海钓之行 ······ 57
汾河二库
　　——我和老梁初行 ······ 73
冰天雪地独斗寒 ······ 79
云竹湖半岛 ······ 82
垂钓梦系千岛湖 ······ 86
我的向往·在那远处的海岛 ······ 89
寒风砭骨 ······ 96

2010年
倾听冰声 ······ 99
和公社"掐"鱼 ······ 102
我和常，在冬季话别 ······ 107
在大风中搏击 ······ 109
初探张峰水库 ······ 113
暖泉沟空军之行 ······ 117
狂拉疯钓义望湖 ······ 119

迎春湖映记………………………………………124
沁县游钓记………………………………………128
汾河二库浮光掠影
　　——初赴二库竹排浮钓…………………133
摇啊摇，心在山间飘
　　——再赴二库竹排浮钓…………………136
雾里看山·看水
　　——三赴二库竹排浮钓…………………138
塞上的云
　　——右玉县常门铺水库独钓记…………140
青海湖散记………………………………………144
沙湖垂钓…………………………………………149
阿男的手机………………………………………153
买鱼竿……………………………………………155
湖水呓语
　　——四赴二库竹排浮钓…………………157
秋风·秋凉
　　——五赴二库竹排浮钓…………………159
秋燕迎风戏摆柳…………………………………163
秋天，我们又相聚在圪芦湖……………………165
秋钓莲池…………………………………………168

给我一缕阳光吧
　　——庞庄水库垂钓琐记…………………170
夏钓清潭…………………………………………173
沁县夏钓的况味…………………………………177
陪儿子练车………………………………………180
博草擒鲤记………………………………………183
长岛
　　——2011小钓……………………………187
浮山，又浮于水…………………………………192
暮秋冷雨…………………………………………194

三踏浮山…………………………………………197

"战"安昌

2006.5.21（周日）

去年下半年到长治出差，抽空到漳电安昌村人工湖垂钓，几乎剃了"光头"。至今仍然令我耿耿于怀。

安昌村湖中有几座凉亭，湖心有一个小岛。湖引漳泽水库之水，放一些鲢、草、鲤鱼苗，但不专门饲养，湖里还生长着野生鲫鱼和一些杂鱼。水面近百亩，环境优美，是长治市钓鱼协会挂牌的比赛基地，也是垂钓者光顾的幽雅去处。

湖里鱼不少，但口偏，刁猾。很难垂钓。

那里垂钓收费每人每天五十元。不限竿长，但不让打海竿。多数垂钓者只为休闲，一般情况下，钓得最多的也就七八尾，能钓上十斤的鱼就非常幸运了。

今年开春以来，我一直琢磨着怎么对付那里的"猾口"鱼，在长治的朋友面前挽回点儿面子。

昨日，我和大正、老西儿商量，决定开拔长治漳电安昌湖。

上午10点40分，大正开车接上我和老西儿出发。一百八十公里的路途中，老西儿坐在副驾驶座位，陪着大正聊天儿，我躺在后排睡觉。实际上，

我虽然煞费苦心地准备了几套配饵方案，但心里却没底，生怕在朋友面前再"裁"了面子。

两个多小时后，与长治的朋友在漳泽电厂生活区找个小饭店吃了午饭，快下午3点才进了安昌村。到了湖边，有十多个人在东南堤岸垂钓。我先下车打问钓况，除了有四五个"剃光头"还没开张的，一早来的最多也才钓上三四条。钓友们纷纷反映这里的鱼还是太难钓。

湖中的几个亭子和岛上都有人在垂钓。我们考虑到在岛上夜钓便于宿营，最后决定上岛。朋友帮着把我们的渔具大衣等装上船，叫来船工把我们送到了岛上。

岛的南边有两个长治市的钓友正在垂钓，其中一个人从早上来已经钓上了三条鱼，另一个人正在打电话让他们的朋友也到岛上来钓。

我距当地钓友六七米处选了钓位，老西儿、大正便在我的右侧依次相距三四米向西排开。

我催促长治的朋友赶快回去，好安安静静地垂钓。他们非要嘱托岛上那两个钓友招呼好我们后才肯离开。

当地的那两个钓友偏偏又那么热情。我问他们的饵料配制，其中一个人告诉我，他经常来这里钓，这里的鱼"口"很偏，要用无双、荒食、海藻和十亩地等商品饵按1∶1的比例来配，别的什么饵都不行。并问我有没有这些饵。我一边整理堆放的东西，一边指着身旁放饵料的塑料袋回答可能这些都备着点儿。

好家伙，这位先生倒是热情，不容分说，打开袋子就翻出来这四样商品饵，一下子就倒出多半盒，又从湖里舀了一些水倒进去帮我和好。然后告诉我，就这样配，肯定能钓上鱼。

我苦笑着对他说了声谢谢啊，然后又说，这里的鱼"口"就是贵啊。

可不是嘛，无双、荒食、海藻和十亩地这四样商品饵，前三种都是我平时舍不得大量用的，哪一种都得四十元钱左右一袋呀。

我让大正、老西儿把和好的饵拿过去先用着。

我取出事先用热水泡好的一袋颗粒饲料倒进我开饵的小黄桶里，又抓了三四把粉碎好的菜籽饼和六七把麸皮放入桶里，掰开一个烤红薯，掏出薯瓤揉开，和底料搅拌均匀，再用饵料盒舀了些湖水，倒进一些自己泡好的药酒，将桶里的饵料泡好

后捆在旁边，然后开始支竿。

水面开阔。我选了支使用多年的5.4米的大物师竿子，用2#大线、1.5#脑线和一对儿5#伊豆钩配线组。因为已经快下午4点了，我又拿出平时舍不得用的一支3#电子浮漂直接插在漂座上，底钩儿挂块儿橡皮调水线。

水深两米左右，先以调4目钓2目试钓。

大正问我用不用打"窝子"，我建议先撒点儿颗粒豆，不用打死，钓钓再看。

老西儿、大正已抽开了竿。

这时，我往桶里又撒了一把事先混合好的商品饵用来收水，把桶里的饵整个拌均匀打散待用。

一切妥当，我将饵掐成蚕豆大小撮在钩上，也开始抽竿。

先来的一个当地钓友上鱼了，站起来遛鱼，刚被叫来的另一个当地钓友马上拿抄网准备抄鱼。鱼出水时我一看，顶多有六七两重的一条小草鱼。

这时，大正也上鱼了，老西儿赶紧找出抄网拧好帮助抄鱼，一条一斤多点的鲤鱼被拉到岸边。

准备得还是有点疏漏，我们只带了一个渔护和一个抄网。于是就把渔护支在大正旁边，把第一尾收获放进去。

怎么样，配的饵还可以吧？当地的钓友对着我们说。

不错，不错。大正表示着谢意。

大正上鱼后十几分钟，老西儿上了一尾四两左右的鲫鱼。随后两人的钓点就闹开小鱼了。

三个当地钓友也一直抱怨小鱼闹腾。

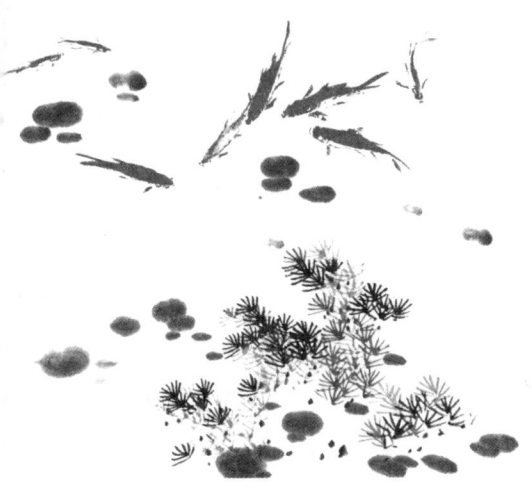

　　我开竿了，第一尾是条八九两的小草鱼。当随手放生再次下竿时，浮漂还没竖起就被拉了"黑"，我一抖竿，鱼就绷着水线在水下蹿起来。我挺住竿遛了三五个回合，把一尾鲤鱼拉出水面，呛了两口水后，老西儿帮助把鱼抄上岸。

　　这尾鱼有一斤半多，个体虽不算太大，但力道还挺大。

　　我点燃一支烟，舒坦地抽了一口，心里踏实了，今天的饵料没问题了。再次抛下竿后，看了看时间，快下午6点了，已近黄昏，天边夕阳余晖洒满湖面，正是上鱼的好时机。

　　我向钓点抛撒了一小把颗粒饲料，并建议他俩上鱼后也不断撒点儿留住窝子里的鱼。

　　过了十几分钟，漂又有了动静，又是一尾一斤半多的鲤鱼。老西儿帮我把鱼抄上后，我揉了一大团我们自己配的饵让他俩也换着用一下。

　　随后，出现了我们仨几乎同时上鱼的高潮。只好有一个人专门抄鱼摘钩，另两个人垂钓。

　　当地三人的钓位一直很寂静，其中，帮我们配饵的那位老兄疑惑地看着我们上鱼并问道，是用他帮着配的饵吗？我回答，现在用的是我们自己配的饵，让他也拿块儿试试。

　　但老先生很固执地认为，我们的"窝"子做得好，他的饵绝对没有问题的。

　　"哗，哗"的桨声由远而近响起。已近暮色，船工划船给我们送晚饭来了。一人一大海碗米饭，上面盖着香喷喷的土豆白菜豆腐肉烩菜。

　　我已经钓上五尾，老西儿五尾，大正三尾。

　　趁天色还没完全黑下来，收起竿，我们狼吞虎咽地吃了晚饭。

　　饭后，我倒了一杯热水，抽一支烟，伸展一下酸困的胳膊，找出夜钓的头灯，把电子漂的电池安好，准备夜战。

　　当天已经完全黑下来时，湖里的几个亭子上的灯亮了起来。月光也不错。看来头灯的用处不太大了。白天来垂钓的钓友有些收竿回去了，陆续又来了几位夜钓的钓友。

　　下了漂，我又撒了点颗粒饲料，抽了两竿，喝口水，再等着鱼回来。大约二十分钟左右，浮漂尖闪烁着绿色荧光的小圆球，缓缓地升起了几目，我的"窝"子里

又续上了鱼。首先上了一尾三四两重的银光粼粼的鲫鱼。

老西儿不久中了一尾近二斤的鲤鱼，大正帮助抄了上来。

大正回到钓位不久，我俩几乎同时扬起了竿，老西儿拿着抄网有点儿不知所措。

我上的是一尾胖乎乎的荷包鲤鱼，有一斤六七两的样子，劲很大，我让老西儿先帮大正抄，我再多遛一会儿。

大正上来一尾一斤多的草鱼。

这时，长治的那三位钓友还在闹小鱼，似乎考虑换钓位了。其中一位向我身旁靠近了两三米。

"师傅，你那儿是拉'黑'漂还是'顶'漂？"向我靠近的那位钓友问道。

我回答鲫鱼"顶"漂多，鲤鱼、草鱼"拉"得多。

这时，我的漂子微微上下了几次，漂尖的荧光慢慢没进了水面，我起手扬竿，鱼没挂稳，刚有点儿钩住的感觉，鱼就脱了。肯定是大点的鱼。我心里想。

我赶紧补了点儿颗粒豆，又下了竿。过了一会儿，漂子又有了讯号，忽颠了一两下就沉下去了，我果断扬竿，这次可算刺中了。鱼在水底打了一下"桩"，被我挺住了竿，我刚站起身准备遛时，鱼发起了"冲刺"，几乎形成"拔河"态势。我稍侧压了一下竿，与鱼对抗着僵持了几秒钟，鱼又扯着漂子向两侧窜来窜去。遛了几分钟后才见到鱼尾在水面翻起一团水花。

　　这尾鲤鱼有三斤多，在岸边折腾了几次后被抄上来。大正摁住鱼帮我把钩子摘下后告我，至少有三斤半。

　　"师傅，上鱼时'口'重不重？"靠近我的那位又问道。

　　"主要是看鱼'口'稳不稳。拉漂速度很快很猛经常可能是些小鱼。"我回答道。

　　老西儿也上了一尾三斤多的鲤鱼。天黑后，由于蚊子叮咬得很凶猛，老西儿终于受不住了，准备先休息去。这时已到晚上10点半多，正是上鱼的时候。

　　老西儿收竿歇息后，大正那儿中了大鱼。我忙拿起抄网过去帮忙，但大正有些过急，没稳住遛遛就想把鱼拉回来，结果脑线被切断了。大正说，那鱼应该在三四斤以上。

　　我给大正我出1.5#进口脑线拴的一对钩让他换上，告他要是遛稳点，五六斤的鱼也不会跑。

　　看来晚上的确是大鱼上钩的时候了。

　　我回到钓位下了竿，刚点上一支烟想抽两口，漂子就又出现了下顿信号。我信手一扬竿，又中了鱼。一尾二斤多重的三道鳞鲤鱼被遛到岸边。

　　"哥，你看我的夜光漂调得对不对，鱼光咬钩就是钓不上来。"靠近我的那位改了口问道。

　　我了解了一下他的调漂情况后建议他加点铅皮再试试。

　　吃完晚饭后，那三位长治钓友几乎连一尾挂斤的鱼都没钓上来。

　　我补了点"窝子"后时间不长，又上了一尾三斤左右的鲤鱼。大正把鱼装入渔护，那人就又问我："老哥，为什么一直上鱼还要打'窝子'？"

　　又改口叫上老哥了。

　　就这样，我上一尾鱼，那位老先生就老哥长老哥短地问这问那。

　　夜幕降临后我先后上了十来尾鱼。扬竿遛鱼磨得手都生疼。

　　我趁那位老先生打电话时，看了看时间，快午夜12点了，我帮大正抄鱼时对大正悄悄地说："你一个人先钓吧，我得休息一下。"

　　……

　　黎明，我被一阵阵哗啦哗啦的水声吵醒，5点钟了。起身一看，一片雾蒙蒙

的，大正穿着大衣，一只手拿着抄网，另一只手挺着竿正在遛鱼。岸边长治的三位钓友只剩下一人静静地坐着垂钓。

我到了大正身旁，帮大正抄上了鱼，还是一尾三斤多的鲤鱼。

大正告我，我睡觉后不久，另一个人没上鱼便找地方休息去了。后半夜，他靠着钓椅睡了会儿，钓上了两尾二斤多的小草鱼和五六尾鲤鱼，又跑了一尾大的。现在的"口"好，让我也抓紧下竿。

我的钓椅被雾气打得湿漉漉的，我找了块干毛巾垫上，穿着军大衣坐下后挂上饵抛了竿。

黎明时雾气似乎愈来愈大，在水面上飘来荡去的，很费眼力。几次拉漂我都没看清，上了两尾都是吃了"死口"的鱼。

大正还是眼神好，不停地扬竿中鱼。干脆我收起竿，拿着抄网在大正身旁和他一边聊天，一边帮着抄鱼。

我俩配合了一个多小时。渔护里又有六七尾入账，其中最大的一尾将近四斤重。

雾渐渐淡了，暖洋洋的太阳出来了。老西儿也伸着懒腰钻了出来。

"哗哗"的桨声又响起来，已经7点多钟了，船工划船给我们送早饭来了。三个长治的钓友也忙着收拾东西准备搭船返回。

一人一大海碗小米稠饭，上面放着炒土豆丝和腌的老咸菜。冒着热腾腾的香味儿。

我先拨出一点稠米准备再和点儿饵，然后才有滋有味地吃开。

吃完饭，老西儿精神抖擞地抛下了竿，大正在一旁帮着补了点儿颗粒豆。

我又舀了点儿湖水准备再开些饵。

饵还没配好，老西儿就弯起了竿，遛开了鱼。此时，湖边很多的钓位还一片寂静，我们这里却早已热闹非凡。渔护里的鱼不停攒动的响声和老西儿遛鱼的哗哗水声混成一片，在水面掀起一簇簇旋涡和浪花。一尾足有四斤多的大鲤鱼被弄上了岸。

太阳晒上了，我把伞重新支起来，脱掉大衣下竿。遛了两尾鱼，手磨得愈发生疼了，加之老西儿那儿的"口"基本不停。我便放下竿去帮老西儿专门抄鱼。

这当子，我的长治两个朋友划着小船来到岛上。一上岸就问钓况，我让他们用我的竿试试。朋友吃惊地看到我们的钓获，连连赞叹，晃着竿绕着小岛转了一圈，一条没钓上，说没耐心，就划船到

渔老板那儿休息去了。

最多一个多小时，老西儿又上了七八尾，"口"才稍稀了些。

太阳开始晒得毒热起来了。我看到两米多长的鱼护里早已挤满了鱼，还不时有鱼跳出来，把鱼护往上拉了拉，我了根粗铁丝重新拴了拴固定好，心想，不能再这样狂上了，回去的路上需要开车，我得抓紧再睡个回头觉。

醒来后，已经中午12点，出来一看，老西儿还在上鱼，大正在帮着抄。

大正告我他又帮老西儿抄了五六条，鱼护里的鱼实在挤不下了。

我说："那还钓什么？收摊儿吧。"

大正叫船工把船划来，我收拾着东西。把渔具、大衣等装上船后，大正请船工先送老西儿一趟再返回来接我们。船工却坚持要把鱼护收起来，拉上我们仨跑一趟了事。

大正解释说鱼多不好拿，还是多辛苦一趟吧。说着给船工递了一根烟点着。

船工划起了桨，嘴里却嘟囔着："有多少鱼？仨人钓上二三十斤就了不得了。"

我找出来装鱼的塑料袋，和大正试图把鱼护提上岸，但是根本拽不动。

船工又回来了。大正引导着船工把船划到放鱼护的岸边，他跳上船去和船工一起将鱼护往船上拽，我在岸上也往起拉，三个人费了半天劲才把爆满的鱼护弄上了船。

船工目瞪口呆地说："好家伙，足有一二百斤啊，你们太原家就是厉害。"

我最后上了船，满载着收获返航。

站在船头，我不由得再次环顾一下微波粼粼的湖水，蛮有感触地想，败也此地，成也此地呀！

金玉渔苑垂钓

2006.6.25（周日）

听钓友说，位于清徐县汾河东岸的金玉渔苑有一个塘子开钓，白天和夜钓收费都是五十元。塘里多年前放过些鲤鱼和草鱼苗，不喂养，不清塘，有大鲤、大草鱼，"口"很偏，不太好钓，但可以去试一试。

昨天，我联系大正、老西儿下午准备出动，老西儿十一二岁的儿子坚持也要跟着一块儿去。

上午我在家给孩子做好饭后，就开始琢磨配饵。金玉渔苑我没去过，但在附近玩过。那一片土质条件和汾河滩涂湿地应当差不多，是盐碱地的塘子。我了解到那儿的塘里和岸边苇草较多等情况。我想除了带上药酒外，在饵里加点儿盐和草腥的东西可能好些。于是在家顺手抓了一把韭菜拿了两瓣蒜带上，路过渔具店时，进去买了一袋酵鲤和一袋酵草备用。

金玉渔苑钓场

下午4点多，我们到了金玉渔苑，和渔老板商量好，准备以夜钓为主。

新开钓的塘子呈长方形，有四五亩大的水面。东南角和南岸有几个钓友用苇草芯和嫩玉米正在垂钓，上了几条二三斤的草鱼。西岸中间有两棵相隔

不远的柳树，树北侧茅草很高很密，不好下竿或抄鱼，我们就在树南侧选定钓位。

我舀了多半饵料盒塘水，在水里加了点盐，兑了点自己配的药酒，泡了一袋颗粒饲料后，就在老西儿和大正中间找了块地方支起了钓箱和伞。

塘边杂草茂密，近岸水中也有许多草，我拿出了5.4米的大物师竿。由于谋着上大鱼，我选用一支3#硬尾巴尔杉漂，用3#主线、2#脑线和9#伊士尼钩子配线组。

老西儿的儿子拿着一根3.6米的竿子站在我身旁一直催我快把饵配好。

我搓开了泡好的颗粒，倒在和饵盆里，然后放入剪碎的韭菜和大蒜，加了半袋酵草，配了一些麸皮和菜籽饼，撒了些许拉丝粉，又兑了些塘水搅和匀，再搓了一块饵打发走小家伙，然后才静下心来调漂。

夏天塘边垂钓，太阳晒，蚊子咬，很是辛苦。忙乎一阵，我穿着的长T恤早就湿透了前胸后背。大正、老西儿也从我这儿领上配好的饵下竿了。我这才从车上找块干净毛巾擦汗，顺便把蚊香和红花油也找出来。

我刚挂上饵下了竿，在西南角挨着大正站着垂钓的老西儿的儿子倒先开了竿。只见小家伙有模有样地挺着竿，不慌不忙地把一条一斤多的鲤鱼拖出水面，遛来遛去的。大正拿起抄网要帮着抄，小家伙还不让，说要多遛遛过过瘾。

小家伙每年都要和老西儿钓几次，显得很老到。

不管谁先开竿，说明饵还行。我心里有了底。

儿子拔了头筹，老西儿也不甘示弱。二十多分钟后老西儿也开了竿，可惜因为离着树太近，不好施展遛技，加之脑线太细，鱼太大，反正是鱼没出水面，脑线就拉断了。

跑掉鱼后，老西儿重新换了线组，向南移了移钓位。

命好。还该老西儿上鱼。没多长时间，老西儿的竿就又被拉弯了，这次见着鱼的面了。一尾三斤多的大鲤鱼绷着线窜来窜去的翻起水花。

轮也该轮上我和大正上鱼了吧。老西儿把鱼装入渔护后我说道。

谁知，老西儿今天又找到了鱼的餐桌。重新下竿后没有多长时间，水面就翻腾起来了。这次是条草鱼，有四斤多重。老西儿的竿子软，起鱼慢，遛来遛去的真叫人眼馋。

哎哎哎，鱼饵可是我配的，有鱼也让大家匀着钓钓。我对老西儿开玩笑地说。

大正也在一边儿附和着。

老西儿才不理会我们呢，没多久，又拉起一条三斤多的鲤鱼。

老西儿的儿子居然"笑话"我和大正不会钓鱼了。

西南角和南岸的钓友一直也没有"口"，有人过来向老西儿讨教来了。

我耐着性子不停地抽竿，终于把鱼诱过来了。浮漂周围有了动静，冒出一串串水泡。有大鱼过来了，我耐心地等着。果然，等了一会儿，漂子上下动了几下后一顿，我一抖竿，开始一刻劲儿还不大，随之就是一个冲刺，我立即挺住竿，绷紧线，和鱼搏了几番，把鱼拖到岸边。也是一条三斤多的鲤鱼。

这里的水质好，鱼也是白白净净的。

我上第二条鲤鱼时，已近黄昏了。

我逗着老西儿的儿子说，让他该收竿回县城睡觉

去了。小家伙一听，瞪着眼睛和我急了。大正在一旁赶紧哄着。

天黑了，小家伙也戴上了头灯，不理我了，守着大正帮他上好夜光棒，也夜钓起来。

一个多小时后，大正才终于开了竿，上了一条三斤多的鲤鱼。

对面的钓友自我们下午来后，都没怎么上鱼，陆续收了竿。

晚上的月光不错，天也凉爽起来，蚊子渐渐少了，舒适多了。不知不觉就快11点了。

夜钓还是老西儿的天下。这家伙天黑后又钓了三条二三斤的鲤鱼和一条四斤左右的草鱼。我一共钓了四条鲤鱼。

我们劝老西儿真的应该带儿子回县城休息了。但那小家伙听见了又大喊大叫起来。老西儿怎么说也不听，最后答应再让他钓上一条才走。

大正那儿一直没动静，挪了挪窝，搬到南岸的位置去钓了。老西儿的儿子也形影不离地跟了过去。

夜空繁星闪烁，皎月在云里时隐时现。宁静的夏夜坐在水边垂钓，乘着微微凉风，听着蛙叫虫鸣，看着塘里跃起的鱼儿和溅起的水花，盯着与水面倒映的荧光漂子，悠然起身再与上钩的大鱼搏斗一番，真是其乐融融。

我正沉浸中，树边老西儿的钓位处水线划水声沙沙地响起来，估计闹上大家伙了，我赶快过去帮忙。

只见老西儿挺着竿子左腾右挪，顺着劲儿快遛

到我的钓位了，我赶紧收起了竿，一边拿着头灯照着，一边调侃地说，惊了我的"窝子"要赔的。老西儿的儿子也一惊一乍地跑来了。

"是条草鱼吧？有多大？"老西儿的儿子问道。

"估计有四斤左右。"老西儿开始挺着竿向后退着。

哇，狂晕。鱼翻出了一次水面，露出了宽大的尾巴。是条大鲤鱼。

还是我来吧。我从老西儿的儿子手中拿过抄网。

鱼一会儿被拉到岸边，一会儿挣扎着又冲向水中，被呛了几次水后才被拉回来露出了头。我一网下去，把鱼拖了上来。

白净的肚皮，红黄的尾巴，确实漂亮，估计有五斤多重。我小心翼翼地抠住鱼嘴和鱼鳃把鱼放进渔护中，弄了一手的黏液。

老西儿今晚出尽了风头，也不怕蚊子咬了。大正说，老西儿走后他也到老西儿的"餐桌"试试。

不管怎么说，我今天运气也算不错。老西儿上了那条大鲤鱼后，我又上了一条近三斤的鲤鱼。

已经凌晨一两点了，老西儿的儿子在大正的身旁终于钓上了可以放心睡觉的鱼了，有二斤半左右。小家伙痛痛快快地遛了好一阵子，才让大正把鱼抄上来。

老西儿赶快哄着儿子上车去了县城。

大正挪到老西儿的钓位后，不长时间就钓上了一条二斤多的鲤鱼。之后，塘子里的鱼好像都睡觉去了，我的钓位也没"口"了。熬到凌晨3点多钟，我到渔老板的平房找了个地方也睡觉去了。大正在塘边铺了张防潮垫，也不知几点睡的觉。

早上6点多钟，我舒展着身子起来，天已大亮。塘边又来了好几个人在南岸和东南角垂钓。大正好像也是刚醒来，正收拾防潮垫。我把伞重新调个角度插好，只喝了几口水，便准备接着战斗。

鱼似乎还是要等老西儿来了才开饭，等了一个多小时，满塘子钓友谁也没有开竿。8点多了，老西儿和小家伙回来了。车刚停下，我的钓点就有了"口"。我一扬竿，还是条大鱼。开始鱼的冲劲儿很猛，遛了六七个回合，鱼被我驯服了。是一条四斤多的草鱼。

不久，大正回到原先的位置上了一条五斤左右的草鱼。

朝阳把水面晒得暖融融的，塘边的苇根芦草被鱼啃得哗哗作响。是上草鱼的时候了。

老西儿刚安顿好小家伙，重新下好竿就钓上了一条四斤左右的草鱼。

怪得就是出奇，老西儿的钓点真成了鱼的"餐桌"了。隔二三十分钟就上一条。小家伙把自己的竿扔在岸上的草地，一会儿帮着老西儿抄鱼，一会儿夺过竿子遛鱼，真成了他们俩的上鱼表演了。

10点多钟的时候，我的前方出现一个黑漂，我起手扬竿，水线立即就被扯得"吱吱"地响，5.4米的大物师竿被绷弯成大弓，我起身与大物搏斗了十几分钟，折腾得我出了一身大汗，才把鱼拉出水面，用抄网拖上了岸。

这是一尾十斤左右大鲤鱼。

天气愈来愈热。我上了最大的那条鱼后，原想再上一条收竿鱼就不干了，结果等了半天也没"口"，老西儿和小家伙又上了一条草鱼也停了"口"。看来鱼用餐时间过了，鱼都玩去了。

骄阳似火，也该歇了，我们收起了竿。

献大鲤（礼）

云竹风光掠影

2006.7.8（周六）

云竹本是一幅风景秀美的画卷——湖光山色，怎么画也绘不尽她那婀娜千姿的韵味；云竹亦是一篇抒情的散文——夏秋冬春，怎么写也赞不绝她那人与自然和谐的情调；在云竹休闲垂钓，还陪伴那夕阳落山、磅礴日出……怎么拍也摄不够那迷人美景。

周末下班时，我叮嘱平哥一定要带上相机，和W一道再约上大正、老西儿赴云竹水库垂钓。

上个月，和W到云竹水库垂钓，正赶上水库退水，水流不稳，大鱼都跑到深水区了，只钓了三五尾小鲤小鲫扫兴而归。

W最近多次念叨起云竹的环境。

昨天我给云竹镇向阳村的老五打电话，得知持续二十多天的退水终于停了，水位下降了一米多，但仍不上大鱼，鲫鱼好上些。

W说，再去休闲钓钓吧。

午休后，大正开车接上老西儿，我拉上W和平哥相继向云竹水库出发。

两个多小时后，我们相继进村到了老五家。把车停放在院子外面，取下渔具帐篷，随老五到湖边乘船去水库最西边的后湾垂钓。

老五说，最近钓鱼的人太多，后湾去的人少，并告诉我们，退水后，这几天湖边的虾很多，用虾钓鲫鱼好上。

到了湖边，老五的儿子正"突突突"地发动着他家的机动大铁船等候我们。

老五帮我们把东西送到船上，对他儿子叮嘱了一番先回去招呼其他客人。

炎热的天气，大家折腾了一身汗。

船启动后，劈浪向西行进。我和W站在船头，迎着凉爽湿润的风，老西儿和大

正坐在船边撩着船舷溅起的水花,平哥拿着相机在船上来回地比划着——大家感受着无比的惬意。

两岸山峦着红披绿,岸边丝鹭漫步,水面浮鸭戏水;蔚蓝的天空浮着千姿百态的云朵,翱翔盘旋着展翅的鹰鹏;斜阳四射的光芒折射在碧绿的湖面,倒映着云霞峰影。船缓缓靠近后湾的浅滩,我们大家把东西集中在一处平坦的草地,支起两个帐篷以便休息,然后拿上各自的钓具和伞寻找钓位。

后湾凸出的崖处,有两个十五六岁的村里男孩儿正在垂钓。大正在两个孩子的西侧,我在东侧,老西儿和W依次排开确定了钓位。

老五的儿子临走前拿一支细眼抄网沿岸边儿转了一圈,捞了不少湖虾回来分给我们。告诉我们水里的石缝间虾多很好捞,用完了再自己捞些鲜活的备用。

大正说,鱼不好钓的话,捞上十斤八斤虾也挺有意思。

我泡了些饵料,搬了几块石头先把钓椅垫稳,支起伞,然后取出一支4.5米的青风竿。考虑到主攻鲫鱼,我选用1.5#主线、1#脑线和一对儿1#伊势尼钩。准备好已经下午6点多了,索性直接插上3#电子漂调好水线。

湖水清澈凉爽,和好饵,我蹲在岸边的大石上摆了条毛巾痛痛快快地洗了一把脸,点上根烟后,才挂饵抛竿。

数百米宽的湖面,船只不时行来驶往;对面的山坡,几个村民仍在梯田耕作;水湾处,一群赤着身子的孩童还在戏水玩耍;相距不远,有两三拨儿

日出云竹

撑伞支帐的垂钓人。

黄昏，村民收工了，孩子们回家了。浅滩的苇草丛湖边，两只羽毛灰白相间头冠红顶的长嘴鹭迈着纤长的腿，在自己的领地悠闲地寻觅着晚餐；几只野鸭和水鸟在不远的湖面游着，间或一只猛然扎入水中衔上一尾小鱼浮出水面。

天色渐晚，挂在西南天际金灿灿的太阳渐渐变成橙红，光芒穿过朵朵浮云，魔幻般变出绚烂的彩霞，霞光辉映着山峦，在碧绿的湖面又折射出七彩涟漪。

身旁的孩子不时上几条鱼，大正、老西儿和W也相继开竿，钓上了白净净的鲫鱼。但我一下钩就有小鳑皮鱼闹窝。老西儿劝我说，现在鲫鱼的嘴"馋"了，还是挂上小虾，小鱼也不太闹腾。

听人劝，吃饱饭。果然，挂上小虾后，小鱼闹漂少了，不长时间，我也支起了渔护，把钓上来的第一尾一两多重的小鲫鱼放了进去。

这时平哥在W身旁数着上鱼数，眨眼已经是第五尾了。

夕阳渐渐落山，晚霞更加浓艳，色彩斑斓的滔滔云海上的云朵，时而像腾着的一条巨龙，时而像盘坐着的一尊大佛。我指着云海中耸起的一朵像是在礁石上坐着的人影的云霞问老西儿，那像什么。老西儿端详了一会儿回答，那是姜太公在海上垂钓，你看头上不是还戴着一顶斗笠吗？

……

"哗哗"的桨声由远而近。老五和儿子划着小船披着夕阳的余晖给我们送晚饭来了。

统计出晚饭前的战绩：W上了八尾，大正和老西各四尾，我三尾。

我们在湖边洗干净手，聚在帐篷附近的巨石旁，正好是一处天然的餐桌。我和大正、老西儿、老五一块儿动手摆上了丰盛的晚宴：一碗小葱拌水萝卜、一碗小葱炒笨鸡蛋、一碗笨鸡炖山蘑、一碗炒湖虾和一碗小葱拌老咸菜，主食是葱花烙饼和小米稀粥。平哥拿出了带来的汾酒，大家尽情地开始了野餐。

吃完晚饭已经8点多了，原本考虑W年龄大，不想让他夜钓的时间太长，准备让他吃完饭玩玩就搭船和老五一道回去休息。但W的兴致很好，说身体没问题，打发老五先回去，十一二点再来接他。

明晃晃的圆月从身后的山坡悄悄地爬了出来，天上星光若隐若现，愈来愈

多，愈来愈亮，很快布满了夜空。银色的月光星光洒在湖面和山谷如白昼般。十五的月亮十四也圆呵。

今夜星光灿烂，用不着钓灯了。老西儿说道。

大正拿抄网捞了些湖虾给大家送来。

仲夏月夜，湖虾钓鲫，别有情趣呀，可惜老翁的漂子就是没动静。看到老西儿下竿不久就又钓上两条鲫鱼，我叹道。

我点燃一支烟抽着，耐心地盯着银光粼粼的湖面上浮起的夜光漂。二十多分钟后，绿色的荧光被拉入水面，我扬起竿，是一尾三四两重的小鲤鱼。

十五条、十六条……大的，这条大，W的钓位旁不断传来平哥的喊叫着。

大正那儿钓绩也不错。

我抛下竿，从身边抓起一瓶水喝了几口，刚准备再点支烟时，钓点有了顶漂信号。我急忙扬竿，一尾一两多的鲫鱼被挑出了水面。

把鱼放进渔护，点上烟抛竿后很快又有了顶漂，这次上了一尾二两多的鲫鱼。

我这儿也聚上鱼了吧？我边想边挂上小虾抛下竿。

好像又是小鱼在闹漂，我没去理会，当漂尖的荧光再次被拉入水面时，我一扬竿，很沉，好像是条大些的鱼。我向后倒竿，水面掀起一片水花，原来是两尾二三两重的鲫鱼。哈哈，双飞。

老西儿也上了一次"双飞"。

明镜般的圆月在西南上空的云中穿行着。半夜11点过后，老五划着小船来接W回家休息。

晚霞潋滟

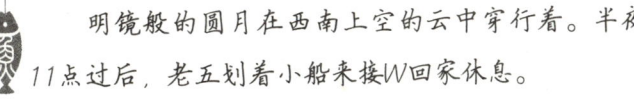

W的钓位还在上鱼。又玩了半个多小时，当W钓上第三十五条鱼时，才恋恋不舍地和平哥上船回去。

老西儿困了，钓上一尾将近半斤多重的大鲫鱼后，悄悄钻进帐篷里先睡了。

趁月色好，再抓紧多钓两条。凌晨两点多，我感到钓的有二三十条时，也准备休息一会儿。

大正问我："不再钓月光了？"

我告他："还要养点儿精神看日出呢。"

在帐篷里铺上防潮垫，舒展着身子躺下，听着蛙虫叫声，很快进入梦乡……

"哗哗"的波涌拍岸声，"唧唧啾啾"的鸟雀欢唱声，在草地上铺着防潮垫睡觉的大正那如雷的鼾声吵醒了我。撩起帐篷，天已渐亮，微微波涌的湖面浮着薄薄的一层雾气，空气湿润清新。休息了两个多小时，精神好多了。

我蹑手蹑脚地向渔护里的鱼哗哗作响的钓位走去。不想还是把大正弄醒了，他坐起伸了个懒腰说，他也睡够了。

老西儿的帐篷里仍在传出一阵一阵的鼾声。

"今天又是好天气。"大正对我说道。

我拿着抄网，在岸边一边捞着湖虾一边问他夜钓的战果。大正回答，剩他一个人钓没多大意思，我睡下不久他也躺下了。

我们俩聊着，钓着，不觉天际泛白，东方淡出一抹红霞。

快日出了，平哥还不来呀，我后悔道。该把相机留下，好好拍几张云竹湖面上的旭日东升。

朝霞映在云竹湖上。老西儿不知什么时候也钻了出来。

几只船载着去田里锄禾的村民从湖里划过，对面垂钓的地方也开始喧闹起来。

呜喂——我们亮开嗓门向清晨起早的人问早。回声在湖面的山谷间萦绕着。

湖面东方的山巅终于露出耀眼的金边，光芒四射，亮透了天空，染红了云霞。冉冉升起的橙红色朝阳，像一团燃烧的火球向上跳动着，瞬间腾起，托起在空中，气势磅礴，庄严肃穆。

层林尽染，禾木流火，霞光碧波相映生辉，令人无比陶醉的湖光山色啊！

无限风光，这边独好。又一只小船从远处荡来。"是老五的船！"大正的眼神

捞湖虾。

大概8点钟左右,老五给沿途钓友送饭的船又来了。我在大岩石"餐桌"旁支起一把伞,大家聚在一起吃了早饭后,各自找乐趣去了。

W还是很有耐心,在那儿一条一尾隔三差五地上着小鲫鱼小鲤鱼。

老五陪着大正聊着天,钓着鱼。

老西儿又钓了两三条小鲫鱼后,爬上身后的山上果园里晨练,到山顶上俯瞰云竹水库的风光去了。

天上的太阳晒了起来。我脱掉T恤,光着膀子,穿上钓鱼马甲,赤着脚,卷起裤腿,拎着渔竿上了老五的船,荡起了双桨出"海"钓去喽。

我将船划到了湖中间停下,任其飘荡。湖中间,风儿凉爽,上空盘旋着鹰和鹏,湖边游着鸭和水鸟,真有"脚踏青波不知我为何者"的感觉。

好山好水好地方。我不禁破开嗓子吼起:"一道道地那个山来呦,一道道地水……"真感觉比阿宝唱得好听多了。

好尽情呦。

湖边的平哥和山坡下来的老西儿不停地向我招着手。

我只好返航,回到岸边载上平哥和老西儿出"海"摄影和观光。

赏晚霞,钓月光,观日出。回村吃午饭前,大概盘点了一下湖虾钓鲫的成绩:W六七十尾,我和大正、老西儿各三五十尾不等。

云竹湖畔垂钓营地

好,不由叫起来。

正是老五荡着双桨的船在碧波金浪上缓缓驶来,船上W和平哥沐着朝霞,满面春风。

可惜呀,身边没有带上相机。

俩人上岸后,和我们打了个招呼,就赶忙到钓位去找上鱼的感觉了。

我也重新抛下竿,专注地钓起来。

水面渐渐变暖,我先上了几尾鲫鱼(最大的一尾半斤多)和一尾小鲤鱼后,小"鳑皮"又开始闹起来。

我干脆起身再帮大家捞

酣"战"汾河二库

2006.7.30（周六）

在汾河二库那场惊心动魄的大战，至今历历在目。

汾河二库建于20世纪50年代中期，位于太原城西北方向三十多公里处，环抱于风景秀美的二龙山。水库库容量三亿立方米，最深处据说可达七八十米，四周山势陡峭，地形险峻复杂。水库水质清澈，是太原市城市饮用水的重要水源。

来这里钓鱼人大多是奔着垂钓环境——因为这里本身就是一座天然氧吧，而钓大鱼——也是每个垂钓者的梦想。听说这两年有人曾钓上过八九斤的大鱼。

去年我和W在这里垂钓，用手竿钓上了二三斤重的金黄色野生鲤鱼，还钓上几尾近半斤的野生鲫鱼，感觉非常不错。

我驾车拉着W和平哥，兴致勃勃地向汾河二库驶去。四十分钟后开始进入库区崎岖蜿蜒的盘山路。

关掉车内空调，落下车窗，凉爽的山风夹带着山坡绽放的各种野花、灌木和绿草的清馨香气登时扑面而来，鸟啼虫鸣声伴着山谷的风涛声奏起一曲曲和谐优美的乐声。盘山路随着起伏蜿蜒的山麓伸向幽谷深处。

二十多分钟后，我们来到库区管理站，换乘早我们两个小时来占钓位的大正的越野吉普继续向水库后弯驶去。

上百米长数十米高、雄伟高耸的大坝出现在眼前，在徐徐落山的夕阳映射下，碧绿的湖面荡着七彩涟漪，与山巅上空的晚霞绘出一幅绚丽的图画。

令人眩晕，心境陶醉。

汾河二库虽然水面浩大，但因地势险峻，能垂钓的位置颇受局限。大正、老西儿、许勇、老唐四人尽管早到了一些时候，奈何垂钓者多，只能勉强找了几个钓

位。水库后湾百十米的狭长半岛上，只有方圆几十平方米的缓坡地带，早已挤满了十余辆车，甚至支起几个多日"定居"钓友的帐篷。

沿着陡峭的山坡向下面岸边的钓位走去，顺便向经过的钓友打问，都说今天没"口"，一条大的没上。

好在比我们早到一会儿的老西儿，一来就开竿钓了几尾鲫鱼，还上了一条一斤多重的鲤子！

据说这小子钓起鱼来，看似漫不经心，抛竿下饵却专往鱼背上砸。看来今天又找到鱼的餐桌了。

我们在狭窄的斜坡岸边就位。身后几米是二十多米高的垂直陡峭山壁。

汾河二库水下的地形和陆面上的山势相似，呈"锅底"型，基本上是五米开外、五米水深，六米开外、六米水深。因此，选多长的竿，落底的水线就近于多深。

汾河二库大坝

我选用的是5.4米的竿子，浮漂离竿梢的距离也就是四五十公分。

"斜坡不打窝子"，只有挂饵抽竿诱鱼。调漂下竿后，时不时白鲦子闹闹，小鱼啃几口。我用的钩较大，偶尔上几尾一拃长的马口白鲦，或上两尾二三两的鲫鱼。当我上了一尾六七两的鲤子后，基本就停了"口"，连小鱼也不再闹腾了。

水面慢慢地平静下来，天空已开始缓缓降下夜幕，对面数百米外的山峦渐渐只显现出朦胧的轮廓。没有月光，甚至看不见一颗闪烁的星。忽然间，一阵阴冷的风从湖面刮过，水库上空很快被阴霾笼罩。

　　当我们意识到大雨将要降临时，西北方向的上空一道道闪电已划破了整个天空，紧接着，滚滚的响雷就像万马奔腾的蹄声由远而近迅速逼来。大正和许勇赶紧帮W把钓伞撑起来，这时蚕豆大的雨点子已经噼里啪啦地打在水面上。没几分钟，电闪雷鸣，瓢泼大雨直泻而下。伞，被雨打得，被风刮得根本无法支撑。我赶紧又找出雨衣让W穿上，这时，大家早都成了落汤鸡。

　　撤离已经来不及了。离我的钓位不到十米处、也是我们必经的一个狭窄的尖凸处，宣泄的洪水夹着泥石流滚滚而下，咆哮着冲下水库。身旁不时滚下大石，甚至出现塌方。电闪中，从天直泻的雨柱在湖面掀起了一片片汹涌的白浪。

　　危险、恐惧霎时间重重地砸在我心上。

　　千万、千万，千万别让W出事呀。

　　可恶的天气预报。出发前我还在网上查了，太原地区，晴，微风。看来，简直是一派胡言！

　　泥石流和塌方的危险，电闪雷劈的危险，近六十岁的W被浇病，我们挨骂受谴责是避免不了的了。

　　不管怎么样，W不出事就行。我全身心地紧张关注着W周围的情况。

　　从头顶上灌下的雨水，顺着脸颊冲下，双眼都被浇得睁不开了，嗓子里却是干涩的。

　　远处、近处不时响起的塌方声，巨石滚进水面的扑通声，时时刻刻紧紧揪着人心，就像电影、电视描述的一样惊险，而我们就偏偏赶上了。当时，我的大脑时不时出现空白，一点也找不到"任凭风吹浪打，胜似闲庭信步"的从容。

　　如此惊雷滚滚的暴风骤雨居然狂泻了两个多小时才忽紧忽慢地稍趋缓和下来。尖凸处的泥石流和塌方的险情也稍加平稳。

　　我当即指挥老西儿、平哥保护W赶紧撤离。

　　我和老西儿手持头灯、撑着伞一前一后护着W快速冲过尖凸处，一脚深、一脚浅，跌跌撞撞、踉踉跄跄，在漆黑的雨中寻找返回的路。

　　老西儿搀扶着W，我在身后撑伞，连摸带爬地终于找到上坡的小径。

　　陡峭的斜坡上山洪依然很大，我们只好拽着山坡的草和灌木艰难地向上爬。

　　突然，W脚下一滑，就在摔倒的一刹那，老西儿单腿跪地侧身撑住了W的身

体，满身泥泞地连拉带拖地把W扶起来，老西儿在前拉，我在后面推，连攀带爬，终于把W送上了缓坡地带。

这时，缓坡已聚集了几十号人，大多挤在车上避雨。一个大型的帐篷里已挂起通明气灯，摆起餐桌，十几个人围着喝起酒来。支起的小帐篷下面，早成了泄洪的河道。有七八个人干脆赤身裸体地站在雨地里围成一圈，手举酒瓶，一边喝酒一边狂唱，任凭它风吹雨打。好一番勇士气概！

当我们在缓坡带寻找车辆时，坡上的车灯几乎同时亮起，数盏钓鱼用的头灯、电筒同时为我们照路，使我们很快找到了车位上了车。这时，还不断有人三三两两地返回"营地"。

上车后，老西儿赶紧找出毛巾递给W，又摸出瓶水让W压压惊。

车外的雨仍很大，就像洗车水枪喷出的水柱般一股股地射向铁皮的吉普车壳，冲刷得车窗外面什么也看不清。山风把放在车机盖上的大伞也刮到一边去了。山洪像溪流般从车底下潺潺流过。相比之下，车厢内又安全又暖和些。

这时，W发现平哥不在身旁，赶忙让我去寻找。

我抓起头灯，打开车门又冲入雨中。

"平哥，平哥！"我一边顺原路返回，一边大声喊着。最后在缓坡下的小径上终于找到背着摄影包的平哥。

领着平哥上车后，W和老西儿正吃着东西，神情好多了。

这时已经午夜时分，恐惧早让人忘了饥寒交迫。

幸好，出发前，买了二十个烧饼、十根火腿肠、十包榨菜和十瓶矿泉水。

W指示，从现在起要搞配给制。所有食品按人分配。

过了一个多小时，老天终于累了，雨也终于小了。我穿上湿漉漉的雨衣下山给大正他们送吃的去了。

岸边的钓位一片狼藉。竿架、钓伞东倒西歪，身后的竿包、渔护、饵料袋子早被山上冲下的泥浆和石块儿埋住。

我检查了一下，还好，竿子没伤着。只好重新收拾"战场"。

大概凌晨两点钟左右，雨终于彻底歇息了，天空很快布满了闪烁的繁星，西南方上空的悬月也笑呵呵地从云里穿出。湖面亮腾起来，对面的山峦清晰地出现了，蛙虫和山雀又此起彼伏地叫起来。人们又开始支竿下钩了。

暴雨后有些刺鼻的臭氧净化了空气和人们的心肺。根本没有了倦意，接着干吧。这时平哥和老西儿相继也回来了。

重新绑好新的夜光棒，下竿不久，我就上了一尾大白鲦和一尾三四两的鲫鱼。过了一会儿，漂子突然被拉黑，我以为又是小鱼，谁知一起竿被打了"桩"，紧接着，水线"嗖"地一声，还没等我反应过来怎么回事时，$2^\#$脑线就被"嘣"地拉断了。我向看着我的许勇悄声说："有大鱼！"

我赶紧重新换钩上饵又准确地打在原来的钓点。几分钟后，漂子顶着夜光棒缓缓升起了三四目。我起手扬竿又稍适停顿，哈，中了，一斤左右，可能是鲤鱼吧。

鱼很有劲儿，被遛了四五个回合才被拖出水面，我吃惊地一看，原来是条一斤多的大鲫鱼。我赶紧用抄网把鱼抄上了岸。足有一斤四五两的银白色的大鲫鱼，月色下鳞片泛出银光的大鲫鱼呀！

平哥见我上了鱼，赶紧帮我摘鱼。可他太没经验了，害怕鱼咬他，却又用手不敢用力地抓着鱼身，加上脚下确实不平，还没走近鱼护时，突然，身体一斜，鱼从手里挣脱了，在岸上反弹了一下就弹到水里去了。

太可惜了，这么大的一条鲫鱼——

被平哥放生了！

平哥在W的钓位也支起了竿，不久也被大鱼拉了漂。渔线划得水面"嗖嗖"作响，二斤多的鲤鱼几乎贴着水面窜来窜去，但由于操之过急，想赶快拉近岸时，只见鱼一个"冲刺"，渔线被"拔了河"，鱼脱钩跑掉了。

已经快凌晨3点了。

"上鱼了，叫W来吧。"我对平哥说。

"不急，让他多睡会儿，我先过过瘾。"平哥继续又抛着竿。

由于小鱼闹窝，我捏了两个比较硬的大"面蛋"下在离钓点稍远点的位置，鱼漂慢慢升起落直，基本上看不见闪烁的夜光棒。我轻轻抽竿往回拉了拉漂，漂苗子露出了二三目的样子。当漂子还没竖稳时，突然一个下顿，我下意识地一扬竿，又刺中了一条大鱼。

一条二三斤重的黄尾大鲤鱼绷着水线"嘎嘎"地在我的左侧方、右侧方来回拼命地挣扎。

这次，我挺住了竿，斜压、侧弯，没让鱼得逞"拔河"。

经过五六个回合，鱼被遛得筋疲力尽了，被我拖出水面呛了几口水，平哥持抄网想帮我抄鱼。谁知，快到岸边时，鱼猛地下沉再次形成了一个"冲刺"，我竖起竿紧紧绷住，又遛了一两个回合才把它拉到岸边。可惜，鱼还没有完全出头，平哥就急忙插下了抄网，一下子就干在了鱼身和线上。

"哗"，线断，鱼又跑了！

水面掀起一簇水花，带着遗憾慢慢地平静下来。

跑了鱼，又停了"口"。我的钓位寂静起来。

黎明前，湖面漂浮起薄纱般的雾气，悠来荡去，感觉凉意袭人。我吃了剩下的最后半个饼子，从泥浆中拣起半瓶矿泉水喝干了，把剩下的半袋榨菜也消灭了。不久，身上逐渐暖和起来。

在湖面薄纱般的雾气中，我的思绪也随着悠来荡去。

不知不觉，身后的山巅腾起了橘红色的朝阳，雾散了。湖面金光粼粼，山里的雀儿鸟儿的啼唱热闹起来。几只红顶灰白色身子的大鸟在湖面上空盘旋了几圈，落在对面山脚的岸边浅滩处，迈着纤细的长腿，伸着长长的尖尖的嘴，在湖边水面开始寻觅早餐。

我不停地起竿抛竿，饵料沉不到底就被啃得差不多了。水面折射出一道道穿来穿去的银光，白鲦子折腾得越来越凶起来。

我对大正说，我换上一副小钩，清清白鲦子，然后剩下的就是大鱼了。

果然，我换上小钩后，一连就上了二三十条有半拃一拃长的白鲦、马口，隔几竿还上一次"双飞"。大正和老唐他们对我会心地笑了。

平哥见状，效仿着试试，也上了几条白鲦子。

W来了。已经是早上7点多了。看来休息了几个小时，精神好多了。但一夜折腾，钓兴受了影响。于是打发平哥、许勇先后去打探回去的路况。

一会儿他们回来通报：返回的路上一辆面包车陷在泥浆中，许多人正在铺草垫石。看来一时半会儿出不来，怎么也要等太阳晒几个小时路才能通。

无可奈何，W也只好支竿再钓。

大概9点多钟，小鱼不闹，大鱼不咬，湖面呈现出一片寂静。许多人开始晾晒衣裳，躲进帐篷或阴凉处睡觉去了。只剩我们一伙人孜孜不倦地坚守着"阵地"。

看到和好的一大桶的精心配制的钓饵被渗进了雨水，湿成了浆。我让许勇拿过去给大正配海竿炸弹钓饵。

我铺了张防潮垫躺了会儿，起来后又重新兑了些饵，抛了几竿后就钓上一尾一斤左右的鲤鱼，紧接着上了几条小鲫鱼和鲤鱼。正当大家为我这里又开张感到有些兴奋时，大正在南侧支起的三副海竿处有了铃声。中间的竿子已经被拉得弯曲了。

"大正，海竿！"我喊道。几乎同时，大正和许勇、老唐相继快速跑向距离他们十多米远处的海竿。

一起竿，还算及时，中鱼了。大正一边收线一边嘴里说着："不大，一二斤。"

当收了十几米线时，鱼突然发起了"冲刺"，竿稍"刷"地被拉弯到水面了。

"快卸力！"大家几乎同时喊道，气氛紧张起来。

"大家伙，有四五斤。"大正说道。

随着线一米一米往回收，大正报的重量也一点一点往上增长。

鱼绷着水线在水里被遛来遛去，十多分钟都不见露出身影。

终于，鱼被拉得快到岸边时，水面顶起一团水花，翻出了宽大的尾巴，"啊，有七八斤重！"大正喊道。

许勇、老唐摆好了抄鱼的架势。

几番搏斗，鱼疲惫了，老唐几乎下到水里才帮着连抄带兜地和许勇一道把鱼弄上岸。三个人配合默契，迅速把鱼按住。

这尾超过十斤重（后来回城到天河渔具店称了重量，十一斤二两）的野生大鲤神话般地呈现在我们眼前。

大家无比兴奋地围着看起来，称赞着。

然而，神话并没有结束。

谁曾敢想，大鱼入护还不到十分钟，另两支海竿的铃声就几乎同时响了起来。

"又是一条大的，快拿抄网！"大正兴奋地喊道。竿子收线时被绷得弯弯的。

"呀，我的挂底了！"许勇叫道。竿子弯弯的但一动不动。线收不动，许勇试

图退着往回拉竿子。

突然，许勇的竿子猛然间被拉平，紧接着，又是一个松线。许勇赶紧摇轮收线。

"我的也是大鱼！"许勇大声喊道。

两条大鱼拽着两支海竿的线同时在后湾的湖面上划来划去，翻起一簇簇水花。我们其余人不约而同地都跑了过去。

这可不是在拍电影。

许勇的鱼几经折腾先上了岸，是条足有七斤多重的大鲤鱼。

紧接着W手持抄网又站在大正身边。当鱼出头被呛水的一瞬间，迅速插入抄网，准确地罩在了鱼的头部，把鱼拖上岸。

又是一条七八斤的大鲤鱼！

平哥的相机记录下几个镜头。不然以后对别人讲起来一定会说我们在编故事。

连我们自己都不敢相信这是事实。

一下子，大家忘记了雨夜落魄、疲倦、懊恼。吹来的山风都觉得甜丝丝的。

大正说，那条十一斤的鱼是他垂钓多年以来钓上最大的一条野生鲤鱼。

回到库区管理站，管理人员小曹说，这是二库近几年来被钓上来的最大的鲤鱼。

一个地方几乎同时上三条七八斤以上的大鲤鱼，更是从没有过。

赶上这一拨儿了。

我们这一拨儿赶上了好运！

竿弓网张

看你哪里跑

第三尾大鲤上岸

再找找"钩"鱼的手感

橙黄的日·橙黄的月

2006.9.8（周六）

　　过了清徐县城前的大桥向东拐，距汾河大桥不到一公里了。我问坐在副驾驶座位的老西儿，现在天上的太阳是黄色还是红色的。老西儿抬头看了看，说是呈橙黄色的。

　　天空黄蒙蒙，秋日如月。没有一丝丝耀眼光芒的太阳，就像橙黄色的圆盘挂在空中，或似暮色中的圆月挂在空中。

　　路边的树木庄稼和塘边的苇草似乎也缺少了些生色，无精打采地发着蔫。

　　当车开过汾河大桥再沿着东侧的大坝向南驶去时，我对老西儿说，你看汾河滩涂地，这片一望无际成熟了的高粱，已经没有了先前那种绿浪里托起一片片火焰的景色了，玉米地里间种的向日葵也都快垂下了头。老西儿说，今天阳光冷冷的，快秋收的大田倒显得有些萧条。

　　从大坝将车开了下去，到了东木庄朋友玉良的华联养殖场。我把车径直开到鹅池东南角。下车一看，鹅塘水面浮着一层泡沫，鹅舍外的大白鹅也不像往日那样见人就喧哔个不停，"哦哦"地叫了几声就静下来了。

　　今天的气压反常地低，肯定不适合垂钓。我下车后选好钓位，一边开始和饵，一边思谋着如何开钓。

　　上周六，W在这里大显身手，钓了三十多条野生鲫鱼和四条鲤鱼。昨天约好他坐G的车7点从家出发，让我和老西儿直接开车到这儿。

　　刚和好饵洗了洗手，G的子弹头商务车就驶到了鹅池旁。

　　哈哈，我一见先下车的G就乐呵呵地迎了上去。"今天可有人吸引蚊子的注意力了。"我上前拉住穿着短裤短衫的白白胖胖的G的手说。

W和钓协Z秘书长以及司机小W先后拿着渔具下了车。

"今天气压偏低,可能不太好钓。"我先给他们打了个预防针。

"来这儿就是为了休闲,钓上钓不上没关系的。"G笑呵呵地说。

W还在上周的那个钓位,我们各自在选好的钓位支起了竿。

我先选的是支5.4米的竿,下竿不久首开纪录,上了一条三两多的鲫鱼。紧接着Z连上了两条二三两的鲫鱼,W上了一条六七两的鲤鱼。这以后,就一直没了"口"。

上午9点多钟,起了阵东南风,水面很快被吹得干净了。我用的漂子轻,不好抛竿,干脆换成4.5米的青风竿。

换了竿也不行。今天不支伞也不晒,连蚊子都不叮咬了。

难道"东南风,一场空"这句垂钓谚语说得真是不假吗?看着水面被风吹起的波纹,我又正好坐在上风头,我心想不行换换钓位再试试吧。

我回到了我上次的钓位。等了半天,才有几次轻微的鱼"口",钓上了两条三四两重的鲫鱼。

鱼钓得不多,饵费得不少。我配的够一天用的饵已经快让大家用完了。

快中午12点,钓友小谭驱车来了。我让他再多和些饵。

这时,玉良来喊吃饭了。

小谭已经吃过了午饭,在鹅池继续钓着。我们一行人到了玉良的办公室时,玉良的弟弟金良和保东、七宝已经候在那里了。

大家有说有笑地聊着吃着,一会儿两坛汾酒和几瓶啤酒就见了底。老西儿喝多了,一个人先钻进里间屋睡觉去了。

两点多钟,我们又到了鹅池边。

小谭在大家吃饭时钓上一条三斤多重的花鲢。

我回到钓位继续抛竿。刚开始还有"口",钓上了两条鲫鱼就又没了动静。

午日的太阳依然是橙黄色。没有四射的光芒,天色依然黄蒙蒙。

玉良、七宝了解到其他地方的鱼开口也都不好。

Z秘书长看来有什么事,一直打着电话。W决定收竿同他们一起返回。

才下午4点多钟,我和小谭叫醒老西儿开上车到近郊的另一个鱼塘想去试一下。

白天没"口"晚上好钓，我说这是我多年的一个经验。哥仨商定好，每人争取钓上一尾大鱼，钓到晚上八九点一定收竿。

我选在塘子的西南角西侧，小谭和老西儿坐在西南角南侧。果真，调好夜光漂下竿不久，就开始有了"口"，但鱼都不大，钓起随手就放生了。

天快黑时，蚊子在头顶轰轰地飞作一团，把人往死里叮咬。老西儿接了个电话，开上车先办事去了。

不久，吹来了一阵清凉的风。夜幕降临，爽朗了许多的夜空挂起了半圆形的橙黄的月。鱼塘里不时有大鱼跃出水面，让我们也爽朗起来。

比白天秋日的感觉好多了。

橙黄的月下，我的漂猛地被拉黑。我扬竿中鱼，起身一边遛鱼一边请小谭拿过来抄网。

搏了几个回合，一尾三斤多的鲤鱼被抄上了岸。我完成了任务，不准备再钓了。我希望小谭上一条更大的就收摊儿。

8点多钟，小谭的渔竿被拉弯了。我赶紧过去拿抄网帮忙。

有四五斤。小谭告我。

远远不止，看着鱼在水中拉的力度，我说至少应当在七八斤以上。

鱼在水中左拉右拽地被遛了十几分钟终于露出了头。

至少有十斤。我断言道。

鱼都被呛了七八次水了，一到岸边就一个猛子扎下又绷着线向塘中挣扎。我赶紧帮着小谭将几乎形成"拔河"之势的竿子挺了起来。

再一次把鱼拖到岸边，当鱼的头部被拉出水面时，我把抄网伸在水下，趁势一下就把鱼抄住了。

一尾至少十斤重的大鲤鱼被抄网拖上了岸。小谭赶快按住大鱼摘钩。

橙黄的月光照在肥硕的大鲤鱼身上，硬币大的一排排鳞片折出四射的光芒。

橙黄的月比橙黄的日更爽朗。我想。

远处的车灯由远而近，老西儿开车回来了。一看时间，还不到晚上9点。

收竿回家。

小黄钓趣三则

2006.9.11（周一）

小黄是我的好朋友，有时也随我们一道出去钓鱼玩玩。我们垂竿，他在一旁观看，偶尔帮帮忙。现将前些日子和昨天钓鱼的趣事记下一二，权当老翁一篇钓志。

"我怕鱼咬我的手"

上个月的一天下午下班后，小黄开着车拉着我和老西儿去清徐县对外开放的金玉渔苑夜钓。

在这之前，我和W、大正等钓友曾到这里白天垂钓，不是很好钓，所以约好再来试试夜钓。

这次，我和老西儿说好把钓上的鱼都给小黄，让他拿回家做好请弟兄们聚次餐。

晚上7点多，我们到达塘边，擦着黑小黄帮我们支好竿。我在西岸两棵柳树南边下竿，老西儿在树北边下竿。当时蚊子叮咬得很凶，小黄帮我们又找风油精又点蚊香，忙得不亦乐乎。

晚上果真不错，我下竿不久就中了鱼。我一边指挥小黄把抄网拧好，一边告他顺便在车上把渔护也找出来。

我戴上了头灯，遛了好一阵子，才把一尾五斤多重的大草鱼抄上了岸。我摁住鱼，把刺在鱼嘴上的钩子摘掉，这时，小黄要帮我把鱼放进渔护。我告他要用手抠住嘴掐紧鳃，他却用两只手紧紧抓住鱼头和鱼的身子说道，没事儿，跑不了的。

刚到岸边，就听到"扑通"一声，还没等小黄弯下腰往渔护里放鱼时，鱼一挣扎，从手里挣脱了，在岸上弹了两下就蹦到水里跑掉了。

我和老西儿转身看着小黄时，他坦白地说道："我怕鱼咬我的手，不敢把手指伸进鱼嘴里。"

竹篮打水一场空

看着小黄跑掉鱼的沮丧样子，老西儿安慰说，没关系，只要有"口"就行。

小黄放生了鱼不到十分钟，老西儿就干上了一条三斤多的大鲤鱼。这回小黄知道鲤鱼草鱼都不长牙后，勇敢地按我教的办法，抠住嘴掐紧鳃，用一只手就顺顺当当地把鱼放入渔护了。

"红烧鲤鱼有了。"老西儿说道。

之后，我也上了一条将近三斤重的大鲤鱼。小黄学会了抓鱼，把鱼放入护后说："这条做成糖醋的。"

这天晚上"口"相当好，我和老西上了两条鲤鱼后就赶上了来吃夜宵的草鱼。老西钓上了一条四斤多、一条足有六斤多重的大草鱼。我上了三条草鱼：一条三斤多、一条四斤多，最大的一条有七八斤重。

这么多的鱼该怎么做呀，小黄问道。

这好办，明天把大正他们叫上，鲤鱼做成红烧鱼、糖醋鱼，草鱼做成水煮鱼、涮鱼片儿。

收获颇丰，估摸着总有三十多斤鱼。夜钓的时间也差不多快到了，小黄帮我们收好了渔具装到车上，去提渔护时，一拽，轻飘飘的，鱼都从渔护的一个大洞里跑掉了。

原来，小黄把我们上次在长治漳电钓鱼撑破了洞的渔护支上了。那个渔护当时我要扔掉，大正要留下补好再用，这回，小黄看也不看就放进水里用了。

竹篮打水一场空。我们钓上，小黄放生，积德行善啊。

"把鱼洗干净再放进去"

小黄在"找"鱼

昨天是周日，我和小黄陪外地来的一个钓友办事。上午有少半天空闲时间，钓友想和我与小黄找地方钓钓鱼。

快十点钟，我们才在近郊找了个塘子下了竿。说好了钓上鱼的话找个饭店中午做鱼吃。

我先钓上了两条一二两重的小鲫鱼，放入渔护，先有了煲汤的鱼。等了半天，一条大的也没上。于是，我们挪了个"窝"。当我的漂子终于出现拉漂信号时，我起竿中了有些分量的鱼。拉出水面一看，是一尾二斤多重的青鱼。我想中午可以请朋友吃上清蒸鱼了。

把鱼抄上岸后，小黄帮助把鱼放入渔护。谁知，我正准备挂饵重新下钩时，渔护旁"哗啦"一番水响，鱼跑掉了。

我问小黄怎么回事。小黄解释说，他见鱼抄上岸时身上粘了很多泥，想在水里把鱼洗干净再放进去。没想到，抓着鱼在水里刚一洗，鱼就挣脱跑掉了。

渔护在水里放着，里面的鱼哪一条身上不干净呢？

初次海钓

2006.9.24（周日）

9月22日（周五）

久已向往的海钓终于成行。我与大正、老西儿和小华两口子约好，下班后乘大正的越野吉普车出发，到秦皇岛市的渤海湾垂钓。

小华爱人的姐姐、姐夫在秦皇岛市燕山大学工作。他们帮我们安排此次出行。

一早就上网查询秦皇岛天气预报，连续几天内都是朗朗晴天，气温在零上15至26摄氏度，微风，垂钓指数适宜。风和日丽，渺渺蓝天，悠悠白云，浩瀚的大海……第一次海钓的神往，按捺不住的兴奋，急切地想去揭开海钓的神秘面纱。

八百多公里的高速公路，我们连夜交替驾车，路经汉沽加油后我驾车时，路面上缥纱着一簇簇雾气，已经能闻到海水的咸腥味儿了，我登时倦意全无，不由加大了脚下的油门。

9月23日（周六）

凌晨4点多，我们驶入静夜中的秦皇岛市。

小华爱人的姐姐、姐夫热情地接待了我们，吃过早点后，我们就迫不及待地请小华的姐夫领我们去买上些钓鱼用的海虫，到离我们住所不远的港湾小钓一回。

周末的港湾，一派休闲景象。蓝天、白云、浩瀚的海、翱翔的鸥。远望去，海天一色，渺渺无际，身后2008年奥运足球场的艺术造型建筑和比邻的别墅、楼宇在绿荫和花草中错落有致地呼应着。开阔细软的白色沙滩上，晾晒着渔网和养殖的网

箱,海边停泊着几艘渔船,游人在海滩和海水里游泳、戏耍、拾贝,也有不少人支着海竿垂钓。东侧两条数百米长的宽阔堤坝蜿蜒伸向蔚蓝色的大海,构成的港湾内停靠着两艘大型游轮和十几艘渔船,许多人划着汽车轮胎在港湾撒网、潜水摸贝抓蟹,更有不少人在堤坝上支着海竿垂钓。

我们急匆匆地奔向大坝。我、大正、小华支起海竿,老西儿抛手竿钓浮。

据说,现在的季节只能钓上些当地称之"琅鲅"的一种小鱼。这种鱼形似鲶鱼,嘴很大。我们按当地的方法,用串钩施钓,选五十克的铅坠,拴上四个14#的大钩子,挂上蚯蚓似的海虫。支好竿,我坐在伞下开始欣赏着岸边清澈的海水中游来游去的小海鱼,眺望着港湾间穿来驶往的船只和海面上空啾啾叫着的海鸥。我深深地吸几口微微海风吹来的咸腥湿润的空气,顿感心胸豁朗,无比惬意。

秦皇岛恬静海滩的拾贝人

港湾大坝支竿垂钓

竿梢上夹着的铃声响了起来,我收了几次都是空竿。大正先上了第一条收获,一条一拃长的小"琅鲅"被钩住了大大的嘴。随后,老西儿用4.5米的手竿左一条右一条不停地钓起了一种半拃长的当地叫做"三道"的小鱼。我见老西儿时不时就是"双飞",也拿过竿挑了几回。

水里也游着一种体形大些的当地叫做"气泡"和"尖嘴"的海鱼。当地钓友告诉我们这些鱼钓不上来,并告我们,海鱼吃口"死",咬住了不吐钩。我干脆取掉铃,看着竿梢的弯曲程度再拉竿子。果然奏效,我钓上了第一尾海钓的成果,也是一条一拃多长的"琅鲅"鱼。

两个多小时后,桶里有了十几条"琅鲅"和几十条"三道",还有一条小梭鱼。老西儿跑到停靠在堤坝的一艘游轮上打"瞌睡"去了,小华也不知钻到哪儿去乘凉了。

我和大正商量,早些回,在城里转转,明天出海垂钓。

9月24日（周日）

初次出海,我们确实有些紧张。小华的姐夫告我们,他和别人去海里钓过一次鱼,晕船晕得要多难受有多难受。大正也煞有介事地告我们,老唐他们上次出海钓鱼,就是因为其中一个人晕船,晕得不省人事,最后大家只好返回,谁也没有钓成。

一早起来后,大家第一件事就是吃上昨天买好的乘晕宁。大正说,不吃早饭可能会不太晕船。老西儿说,在肚脐放点泡好的茶叶用胶布贴上是治晕船的偏方。不管是否有效,反正大家都这样去做了。

7点多钟,小华的姐夫开车接我们登上了出海垂钓的船。这是一艘比较大的养殖海贝的柴油机船。约好和我们同行出海的还有六七个当地的钓友。

当知道我们是远道而来的客人后,一位船工马上热情地问我们喝不喝大酒。当我正纳闷怎么一见面就提喝酒的话题时,另一位船工笑着告我们,喝大酒的人出海不晕船,因为酒喝得多了就不知道晕船了。

我向船工打问,出海能钓到什么鱼,哪里有礁石、暗沟,我们准备到哪些地方去垂钓。

船工回答,这个季节只能钓"琅鲅",再过半个月就可以钓上"黑头"、"青皮"和"梭子"了。再说,他们是养殖船,去不了也找不到有礁石、暗沟的地方。

能钓"琅鲅"也算,反正是实践一次海钓。

船工饶有风趣地给我们讲起了"琅鲅"的来历：传说,很早以前,龙王对"琅鲅"鱼讲,让它们一年长一尺,结果"琅鲅"鱼听错了,听成了龙王爷让它们一年长一年死,所以,"琅鲅"鱼只能生长一年。船工伸出双手比划着又对我们说,再过半个月,钓上来的就都是一尺长的"琅鲅"了。

已经早上8点多了,姗姗来迟的当地的四五个钓友还要再等人。我们在船上把竿备好,串钩上都挂好海虫了,人还没有到齐。大正干脆站在船头抛起了海竿,不一会儿还真上"琅鲅"了。我拿起大塑料桶接了半桶海水准备放鱼时,船工告我用不着放水,扔在桶里就行,不然钓多了鱼就闷死了。

我也抄起竿钓开了,正当我们得意地上鱼时,船工又告知,不要着急,到海里上的个大。还是老西儿和小华沉得住气,在船上观赏风景,指点着清澈海水中游来的鱼儿和海底的小蟹小贝。

人终于到齐了,船工发动了柴油机,几个人帮着松开固定船的缆绳,船尾的螺旋桨卷起来浪花推进船起航了。我们站在船上迎着海风望着离得愈来愈远的海岸,向小华的姐夫和其他人挥着手。每个人的心情都和这妩媚的阳光一样,爽朗快活。

辽阔的海面,漂着一串串养殖鲜贝的网绳浮球,也有不少船只上垂钓者正在垂钓。大概行驶了二三海里,船刚抛下锚,我就在船头抛出了第一竿。大正和小华在船舷前侧,老西儿在另一侧也相继下了钩。

我们一人手持一支海竿,只要感觉鱼咬钩的力道时,用手一抖竿,就能钩住一条一两拃长的"琅鲅",比在岸边钓上的确实大得多,而且很好钓。

当地的钓友有说有笑地在船上喝起了啤酒,下了竿就不管了,过一会儿一提就能钓上二三条"琅鲅"。

我也改变一下钓法,鱼咬一下用力提一下竿,稍收收线,等着感觉咬了有几口时,再摇轮收线,

行船中组装钓具

果然一竿也能上两三条。

鱼上得快了，我摘下来就顺手扔在船头的甲板上，一会儿就是十来条。开始，小华帮我收鱼，后来，老西儿过足了竿瘾，也抽空帮我把鱼收到桶里。

我们正钓在兴头上，当地的两个钓友开始鼓动船工再向远走走，想碰碰运气，钓两条黑鲷什么的。

船工重新发动了船，又向深处绕着开了几海里，来到一片海水更碧蓝的海域。水面有些波浪，我坐在船头，看着船身被颠簸得荡来荡去的。

在这里，当地钓友确实钓上了一两条小黑鲷，大正钓上了一只小螃蟹。

我又钓了十几条"琅鲅"后，感到有一竿儿有些分量，我对大正说，可能上了条大鱼。满船的目光几乎都朝我弯弯的竿子看来。当我摇轮收回线时，原来钩子上除了钓上了一条"琅鲅"外，还钓上了一只肉乎乎的长得像乌贼似的东西。我用手一碰，那家伙长长的爪差点儿缠绕住我的手，吓得我赶快让小华帮我摘下钩。当地钓友说那是只八爪鱼，可我仔细地数了数，那家伙分明长着六只长爪呀。

随后，我又钓上了一个海星和一只六只爪的"八爪鱼"。

中午1点多了，船上的钓友们开始嚷嚷着回去喝酒，用"琅鲅"炖豆腐及如何做"琅鲅"吃的话题了。这时，除了小华钓上了大概有二十多条"琅鲅"外，我、大正和老西儿每人至少也应当上了百十条"琅鲅"鱼了，大塑料桶中已放了半桶多鱼了。

船开始不停地颠簸，忙忙碌碌地钓"琅鲅"，时间过得很快，晕船的事儿也早忘到脑后头去了。

半个多小时后，船返航回到岸边，当地钓友下船后回去了，我们坐在船坞的凉棚下傻愣了半天，好像还没有从海钓的梦境中回过神来，你看看我，我瞧瞧你的，谁也不感觉饥渴。

看看时间，才3点多。经商量，小华害怕晕船就留在岸上，我们三人继续出海垂钓。

船工讲，下午"有海（风浪大）"，但我们还是坚持请船工将船驶向更深些的海域去。

这次出海，真有些劈波斩浪的感觉了，我坐在船头向后看去，船尾和船舷掀起

的水花像拖着一条宽宽长长的尾巴,海面开始涌起波浪了,很是刺激。

近三十分钟,船抛锚停下后,我们就又开始抛竿下钩。

船在海面颠簸挺厉害,鱼也不如上午好钓了,但上来的"琅鲅"个头却很大。船工说,现在是退潮,涨潮时鱼好钓。

在海里钓鱼,季节性很强,潮起潮落,初一、十五对垂钓影响都很大。对我们而言,初次海钓,只是找点感觉,还远远不敢说钓一次就想入了门。

这趟"出海",十几米长的一艘大船,只有我们三个人在钓鱼,痛快得可以说是淋漓尽致。

我们钓了一个小时左右,请船工再向西北方向开了一段儿,停下接着又钓。这里好一些,我一边手持钓竿,一边欣赏着渐渐西下的太阳,沉浸在海钓的梦境中。

钓上几十条大"琅鲅",船工开始催着返航了,说海上天虽然还亮,上岸时天早就黑了。

夕阳映射下,海面沸腾起被燃起了像火一样的波涛。

多少总算又尽了些兴。我们依依不舍地告辞了辽阔的海洋,收拾着渔具和战果,向远处依稀亮起灯光的方向返航。

初次海钓,虽说没赶上什么正经鱼,但也勾起我们对大海的一种新的眷恋。

与小华爱人的姐姐、姐夫告辞,连夜返回,明天还要上班呀。

钓起一尺长的"琅鲅"鱼

黄骅港海钓

2006.10.2（周一）

  国庆节前，与石家庄的朋友志平联系放假期间去黄骅港海钓一回。

  今天中午，大正开车接上我与老西儿和老西儿的儿子踏上了海钓的征程。

  高速路旁红的黄的绿的白的各种树木和灌木叶，与绽开的绚丽野花，衬着大田里收获的秋禾，呈现出一派秋的景色。大家兴致很高。

  国庆长假，出行车辆非常多，出娘子关前就堵了三四个小时的车，但我们向往着海钓，情绪并未受到太大的影响。至晚上9点多，我们的车子才驶入夜色秀美的黄骅市。

  志平和河北朋友小项父子早我们一个多小时到达。一下车我们同黄骅市的几个钓友在预订好的住处见了面，顾不上吃饭，就直奔主题，商定是否出海船钓。

  黄骅的朋友介绍，距黄骅市五十公里的地处渤海湾的黄骅港海域，离岸二十多公里的海底地质平缓，水深十米左右，要乘船找礁石暗沟垂钓需出海一百多海里，还不敢肯定能碰上鱼群，且带着两个十几岁的小钓手，怕海上风大晕船。又向我们介绍，黄骅港由两条伸向海的长达二三十公里的石坝围成港湾，坝顶宽四十公分，向下一米左右两侧各有三米左右的平台，乘船到坝上可以用手竿垂钓，涨潮前可以在平台上垂钓，起潮后站在坝顶或到灯塔旁垂钓，相对安全，碰好了能钓上鲈鱼、梭鱼。

  于是，我们决定到坝上垂钓。但我们只带了两三支手竿，而且准备的线组也不能用，又没带雨靴之类的，于是，大正和小项由黄骅的朋友带着先去渔具店准备些用品，其他人在街上的小摊儿上吃点儿烧烤。

  已经是晚上11点多了，我们约好第二天凌晨5点出发。

看来大家都很兴奋，4点半前都纷纷起了床，老西儿和儿子据说3点半就爬起来了。

我们三辆车发动了引擎，乘夜色从寂静的市区出发。沿途我们接上当地的两个钓友，买上做钓饵的沙蚕和刚烤出的烧饼，一个多小时后到了港区。

天色已亮，一轮红日从海天交际喷薄而出，冉冉升起，万道霞光射向平静的海面。远处三三两两的作业渔船影影绰绰，行驶的货轮鸣着问早的汽笛，海鸥和海鸟在映着金色朝霞的蓝空中追逐着，在碧波荡漾的海面遨游着，栽满绿荫和鲜花的港口彩旗飘扬，到处洋溢着节日的气氛。

到了码头，我们先前联系好的渔船已出海送人了，还要近一个小时才能返回。没有办法，我们只好吃着烧饼，打了两支海竿在码头随便玩玩。

船回来时，还真钓上了一两条小"琅鲅"鱼和一只很大的皮皮虾。

大家换上雨靴，拎着钓具、食品、矿泉水等终于登船起航了。

离开港口越来越远，海面越来越辽阔，汪汪洋洋，海天一色。大人们兴奋，两个孩子更是高兴，不约而同地掏出带来的望远镜向远处船只、海鸟眺望。当地的钓友再次向我们介绍垂钓的要领和注意事项，我当时只是全神贯注地看着海面的碧波青浪，似乎要看到海底的鱼群向我们游来。

这次要能钓上鲈鱼、梭鱼就好了，大正悄悄地对我说道。

我当然也希望如此。

渔船行驶了有二十多海里，我们靠近了南坝的4#灯塔，这时已经9点多了。

一下船，我按当地长竿短线移动拖漂的浮钓方法，拿出一支5.4米的手竿，拴上4米长的6#主线，挂上两只4#脑线捆的22钓钩和一只圆球浮漂，把水线调到1.5米左右，背上装鱼的帆布袋，抓了一盒沙蚕就沿着灯塔东侧伸向海的大坝平合开始了"游钓"。

黄骅港港口

大正和老西儿在灯塔附近，志平和当地钓友向灯塔另一方向"游钓"去了。

按当地的钓法，在钩上穿上沙蚕下竿后，要拖着漂慢慢找鱼，等感觉有鱼追饵咬钩时再停下来垂钓。

走了几十米了，有几次拉漂提上来都是空竿，也不知是海浪冲撞还是挂底或真是有鱼咬钩，心里真有点发急。

这时，大正的竿上挑起了一条一尺左右的梭鱼，脸上露出喜悦向我们展示着。随后，老西儿也钓上一条鲈鱼。远处，志平他们那儿也开始频频起竿上鱼。

我耐下性子，再挂上饵慢慢拖着漂子移动着脚步。

又是一次慢慢地拉漂，我扬起竿子，感觉中鱼了，挑起来一看，是一只很大的好像是在秦皇岛钓上的"八爪"鱼。

钩子挂在一只长长的爪上，我想摘钩，那家伙吐出一团黑黑的水雾，吓得我赶紧叫老西儿帮我摘下钩子。

这下我可看清楚了。这个家伙长着长长的八只爪，是只地地道道的"八爪鱼"，当地叫做"八带"，因为它八条长爪就像八条长长的带子。

起潮了。海水慢慢淹过了平台，起潮时的浪"哗哗"地涌来，雨靴里都被灌进了海水。

我根本顾不上这些，挂底"卖"了两次钩后，我开始找到了些海钓的刺激，连续钓上了三条一尺多长的鲈鱼，背上装鱼的帆布袋里有了活蹦乱跳的感觉。

我逐步大着胆子站在平台的边缘，把钩抛得更远些，仔细观察波翻浪涌的海面上那浮漂的上下变化。

开始上梭鱼了。第一条，我挑上了岸，由于竿长线短，鱼扑棱得厉害，不好摘钩，一把没抓紧，圆滚滚的一尺多长的鱼挣脱到脚下，很快就顺着平台涨满的海水游回了大海。

鱼没弄住，手也被钩子刺出了血，被海水蛰得生疼生疼的。

第二条，是一条更大些的梭鱼，挣扎的劲儿同样很大。挑上来后，扑棱来扑棱去的，根本没法抓，刚摘下钩，就从手里挣脱了。

我赶紧又穿上沙蚕抛出竿，一排浪涌来，钩又挂了底。

这么好的时机，真叫耽误事儿，我心里暗暗自责着。只好重新换上单钩垂钓。

我开始稳定了下来，待确定是鱼咬住钩时，再从容地扬起竿，果然是一条尺把长的梭鱼。

这次，我干脆不顾一切，一把紧紧地把鱼摁在胸前抓住，再摘钩把鱼放入肩上背的帆布箱内……

潮水涨得越来越高，很快就要淹没雨靴了。其他人早就上了坝顶或聚在了灯塔旁。我才最后一个上到坝顶。

大正、老西儿和黄骅的两个朋友正在灯塔附近热闹地上着鱼。看来那里聚上了鱼群。大正他们叫我也过去。

老西儿在灯塔台上东边不停地上着鲈鱼和梭鱼，黄骅的一个朋友在西边上的是梭鱼，大正在灯塔下西边的坝顶也是一条一条地上着梭鱼。于是，我靠在大正的旁边也下了竿。

在平台钓起"八爪鱼"

在坝顶上挑起梭鱼

在这儿，我们采取的是定位钓法，不用走来走去地拖着漂子，任漂子随着涨潮的水流漂移，反复下竿，下几竿就上一条，多是尺把长的梭鱼和鲈鱼。但我仍适应不了长竿短线的钓法，经常跑鱼不说，摘鱼穿饵时还容易钩住手。后来我索性换了支4.5米的短点儿的竿子，中鱼时跑鱼的现象果然少得多了。

老西儿的儿子，一来就闹着要用海竿钓，谁劝也说不动。结果，一会儿挂底一会儿丢钩子，一条大鱼也没钓上，最后，连线也搅在轮里解不开了。看见大家都在不停地上鱼，小家伙终于忍不住了，爬到灯塔的台阶上，抢过了老西儿的手竿钓起来，一个多小时，竟然也钓上了一条鲈鱼和四五条梭鱼。

下午2点多钟，海潮快接近坝顶了，卷起的浪涌也渐渐平缓起来，大家起鱼的频率明显降低了。

黄骅的朋友说，潮满了，鱼快不好钓了，再钓要等天黑前退潮的那一拨儿。于是，大家聚到灯塔旁填起了肚子。

估计，涨潮这一拨儿，大正、老西儿和我，不算跑掉的，每人都上了有十来条鲈鱼、梭鱼，志平说他上了足有二十多条。

由于事前没准备好抄网，大正跑了一条三四斤的梭鱼，黄骅的两个钓友甚至上大鱼时还被拉断了两支竿稍。看来，就连经常来这里垂钓的当地钓友也没想到，今天能碰到这样的好运气，更没想到能碰上大鱼。

我迎着微微吹来的海风，欣赏着慢慢平静下来的大海，回味着涨潮时那幕上鱼的情景，恨不得马上让大海开始落潮。

老西儿趁儿子吃东西时，又拿过竿子，继续在灯塔的合阶上垂钓，果真又钓上一条鲈鱼和一条梭鱼。大正见状，一手拿个烧饼，一手抛着竿也回到原来的位置钓开了。

但涨满潮时，鱼确实不好上了。我吃完东西，在大正身旁钓了半天一条也没有钓上，于是抄起一把钓椅到志平他们那儿一边聊天，一边下竿，等着落潮的那一拨鱼儿。

夕阳下沉，平静的海面又开始涌起了波涛，下午4点多开始落潮了。可是落潮时，并不像涨潮时那样激动，可能是死守在原来的钓位，并没有重新聚起鱼群，我们又没有经验找到有新鱼群的位置，大家只能散兵游勇地钓上几条鲈鱼、梭鱼的。尽管如此，也是矣。毕竟收获已经不少，而且增长了许多海钓的经验和常识。

下午5点半左右，接我们的渔船靠近了灯塔，船载着大家海钓的收获劈开滔滔海浪开始返航。

船上的马达突突的响声不时伴着大人和孩子喜悦的欢笑声。

夜幕降临，大海茫茫。两条长坝上的灯塔和海面漂浮的航标闪闪烁烁，红色、黄色和绿色的灯光忽亮忽灭，渔船和轮上的灯火也明明灭灭地闪亮起来。一轮明月悄悄地爬上了天空，再过两三天就是中秋节了。

再"战"黄骅港

2006.10

秋雾蒙蒙，再赴黄骅。征程和海钓的艰辛，对垂钓者的胆识和意志将又是一次考验和磨砺。

10月14日（周六）

国庆期间去黄骅港海钓，似乎让我找到垂钓的一种新境界。我和大正谋划着近期一定再去找一回感觉。

这个周末，我和大正等钓友准备午饭后动身。

行前，儿子在网上帮我查看了早上发布的最新天气和海浪预报。从前几日起，连续大风，包括今天风力仍在四五级以上，但明天是微风，多云，农历又是二十四，离当地大潮日子也比较远。还从网上查到，北京一行二十余人也相约去黄骅港海钓。

黄骅港距太原五百多公里，按正常时间六个小时应当到达。谁知，征程比我们预料的要艰辛得多。出娘子关前，由于堵车，多用了近三个小时，二百二十公里左右的高速路，到石家庄已经是下午6点多钟了。我们的车上了石黄线，距黄骅港不到三百公里。路上车辆少多了，但是起了雾。快到沧州时因车祸，又堵了一个多小时。晚上10点时，我

们在路上和黄骅的朋友联系好,派先到的人去领取进港通行证,又与船老大通话联系,当时海面风仍很大,商定待明早再看天气情况决定能否出海。

到黄骅港时已经是晚上11点半了。

买上做饵用的沙蚕,简单吃了点儿饭,与大正及钓友们会合住下后,躺在床上时已过午夜。

10月16日（周日）

凌晨4点一过,我就起身,拉开窗向外看天气,还好,风比昨天晚上到达时小多了,估计天气预报比较准确。大正还在床上呼呼鼾睡,于是我开始先洗漱。

4点半,楼道热闹起来。大正和钓友们都起了床,5点钟大家准时上车出发,不到5点半就到了港口。

不幸的是,由于近些日子来黄骅垂钓的人太多,车辆停放严重影响了港口作业,昨天晚上,有关人员连夜开会,禁止放行垂钓车辆进港。无论我们怎么交涉,港口的门卫都不肯放行。已经7点多了,眼看着海面上雾蒙蒙的天空,太阳已经升得越来越高了。大家心急火燎的,再次派钓友许勇去软磨硬泡。又过了半个多小时,门卫见我们远道而来,又持有进港证,终于答应我们押上证件,把人送进去再把车开出来。

我们当即决定,其他人上船后,由许勇、小薛把车开出去想办法进来让船再接一趟。

我在车上加了件衣裳,穿上雨衣雨裤,套上雨靴,劝大正也把钓鱼专用的雨衣雨裤穿上。

到了港口码头后,确实一辆垂钓的车辆也没有,往日喧闹的港口显得有些寂静。大家把渔具食品和水等搬到事先等候的渔船上,起航后,许勇和小薛便把车开出去了。

秋天的凉意踏着快捷的脚步无声无息地迅速到来。橙红色的太阳时隐时现在迷迷茫茫的灰色海雾中,船舶大都还停泊在港口岸边,连海面上飞翔的鸥鸟也少了许多,与两周前相比,确实阴冷了许多。幸好,大家的衣着还有所准备。

　　这次同行的不少钓友，是头一次乘坐渔船出海，都显得特别兴奋，船头船尾跑来跑去，说说笑笑，吃着东西，摆着姿势拍照。

　　风不是很大，但海上却有些波浪滔天，一排排波涌翻来滚去，夹着浑浊的黄色，已看不到上次来时碧波绿浪的清澈海水了。我问船老大，是不是涨潮了？方知，这是头潮，二潮大概在下午3点多。

　　我当时有些懊恼，五百公里辛辛苦苦地连夜赶来，起了个大早，真正是赶了个晚集呀。误了一次上鱼的好机会了。

　　船直接驶到我们上次垂钓的南坝4#灯塔时，海水已经淹过了坝两侧的平台了。大家吵吵嚷嚷地搬着东西上了坝上的灯塔旁。我在船上就将5.4米的竿子拴好了线组，一下船就背上鱼包，带上沙蚕，沿着坝顶向灯塔东侧赶潮垂钓去了。

　　我们一行十人中，只有我和大正、许勇三个人经常钓鱼，其他人基本连竿也没摸过。许勇送车去了，只好由大正帮着其他想垂钓的钓友拴线绑竿。

　　起潮时的浪很大，我站在坝顶，很快就被排排卷来的一人多高的浪花劈头盖脸地从头到脚浇灌得湿淋淋的，而且，确实有几分危险。好在我穿着雨衣、雨裤、雨靴，还不至于太狼狈。大正他们虽然聚集在高于坝顶的灯塔台阶和阶梯上，也被海水打得衣裤湿漉漉的。

　　虽是涨潮，可能由于浪太大，看不清浮漂，或是起的是种"死潮"，鱼根本没有游来，我独自一人冒着风险，在坝顶上拖着漂子移来走去，压根儿就感觉不到有鱼咬钩的动作。大正他们那儿也没有

黄骅港南坝4#灯塔

起鱼的动作。海天显得灰蒙蒙的，我的心情也有些灰冷冷的。

上午10点多钟时，潮满了，海面平静了许多，灯塔上的几个人欢呼了起来，原来是送许勇、小薛的渔船来了。

船还没靠近坝，许勇、小薛就向我们打问上鱼的情况。

羞愧难言呀，都还是"空军"。

我告许勇，涨潮是没戏了，等着落潮的那一拨儿吧。只有自我安慰。

我也到灯塔旁吃点儿东西，补充些能量，稍事休息后，拎把钓椅，一个人又向灯塔的另一方向"游钓"去。

又起了浪涌，我干脆坐在椅上，持着钓竿，任凭它浪涌冲打，品着海钓艰辛的苦涩，确实也是无奈呀。对此一行甚至感到有些后悔。

可能快要开始落潮了。浪涌越来越高，一排排地冲来，一排排地卷去，人们大都爬到灯塔高处的台架上了，只有我和大正、许勇还在顽强地与海浪搏斗着。

远处灰雾蒙蒙的天空，也有寥寥几只海鸥在迎风搏击苍凉。

又是一排两米多高的浪涌，托着白色浪花，由远而近，喧嚣着滚滚而来，从我的头顶上掀过，拍击得我半天定不过神。只听到距我百米开外的灯塔处又是一阵喧闹声。我抹了抹头上和脸上的海水，扭头一看，大正抛着竿正在试图钩挂被海浪从灯塔台阶上卷走的渔具包，一帮人上上下下地叫喊着。无奈，浪涌很大，潮流也急，很快渔具包就漂远了。

一路坎坷，几经磨难，一条鱼没钓上，还要赔掉钓鱼的家具，我真是懊恼万分。包里面还放着我的一副新买的海竿和拴好的钩线。于是，大家赶紧打电话再叫渔船回来，顺着海流去捞渔具包。

从来也没有遇上过这么倒霉的事儿，我真的开始后悔这次出行了。

浪涌开始缓和些了，海平面离坝顶慢慢低了下去，确实开始退潮了。

四十多分钟后，渔船返回接上小薛、老刘和另两个人去找顺流漂远的渔具包去了。他们几个刚上船就又有人嚷嚷起来了，许勇终于打破了持久的僵局，开竿了。

我过去一看，是条一拃左右的小"琅鲅"，尽管不大，也算是"零"的突破吧。

小薛他们的船离岸不远，许勇又挑上了一条白花花的小梭鱼。这下子大家更

激动了,船上的人欢呼,灯塔上的人纷纷下来找竿子。

我意识到落潮可能是要上鱼了,也到灯塔下试试,过了不长时间,我的漂子有了第一次明显的拉漂咬钩动作,我一扬竿儿,劲儿还真大。提上岸后一看,是一条一巴掌多大形体像鲫鱼的鱼,鱼鳍很高很扎手,身上浅浅的花纹又有些像罗非鱼,但确实不识鱼种。后来才知道这就是黑鲷,反正我当时告大正、许勇他们钓上的是海鲷。

热闹了一下就又平静下来,半天谁也没有再咬过钩。我开始顺着坝顶重新"游钓"找鱼群去。

半个多小时后,渔船把渔具包我回来了。把包送来后,其他几个人乘船回港口观光去了。

向西"游"了一个多小时,我孤身一人离开灯塔至少走出去六七百米远了,也没有再咬过一次钩。潮水退下显露出坝顶下一米多处的三米宽的平台了,我下到平台开始向回"游钓"。

退潮基本结束了,海面又平静下来,我"游"到灯塔附近仍然一条没钓上,更甭说我见什么鱼群了。我对今天的海钓基本上丧失了信心。

退潮时,大正、许勇他们上了好几条梭鱼,就连头一次摸竿的两个人也上了几条梭鱼和鲈鱼。

我过来时,许勇说刚才挺好上,想打电话叫我,但他们这儿的两个手机都没电了,现在鱼群可能走了,不好钓了。

我刚自责自己够倒霉时,有人又上了一条梭鱼。大正说可能鱼还没走光,再抓紧试试吧。

我嫌灯塔周围乱,提着钓椅到灯塔东面十多米

脚踏波涛

处的平台准备试一下。许勇告我鱼都在边上,提醒我竿不要打得太远。

我用的是5.4米的竿子,鉴于上次用4米的大线跑鱼太多,又不好穿饵摘钩,我这回配的是5.4米的齐竿线。于是,我把钓椅调了个角度,斜着抛竿,浮漂打到离平台边大概在一米五到两米五之间,水线也调到只有八十公分左右。

老天总算开了眉眼,开始给面子了。我穿饵抛竿后,很快就拉了几次漂,久违的浮漂信号突然出现,我反而有些不适应,起了几次都是空竿。我冷静下来,调整了一下心态,仔细判断清楚波峰浪谷与浮漂上下浮动的关系后,再静心扬竿。当浮漂顺着波浪起伏又一次出现拉漂时,我判断鱼咬稳钩时一扬竿,劲很大,上了一条大些的黑鲷鱼。随后,又上了一条梭鱼。鱼群终于降临了,我把斜挎在肩的水袋放在身旁,准备好大战的架势。

不到五分钟,我又连竿挑起一条黑鲷和两条梭鱼,只要我找到上鱼的钓点,基本上十几秒钟浮漂就有信号。许勇向我这边靠拢,很快也上开了梭鱼。

大正见我频频上鱼,为了让我过足瘾,搬了把钓椅坐在我身旁专门帮我和许勇摘鱼。我俩经常同时上鱼,使大正忙得不可开交。

大正过来不到二十分钟,我又上了二三条黑鲷和十多条梭鱼,紧张得我嗓子都发干,连喝口水的工夫都顾不上了。大正帮我点着一支烟,放在我嘴上,我连续抽了两支烟,又上了十几二十条梭鱼。基本上穿一条沙蚕上二三条梭鱼,连饵也顾不上重新穿,水袋很快就满了。

这阵子上鱼,好像是对我此次出行和一上午"游钓"艰辛的回报吧。

赶上了这一拨儿,着实地痛快了一番。

海面的波涌又开始大了起来,海水渐渐涌上了平台,开始下午的"二潮"了,这时已经快下午4点钟了。上鱼的节奏明显缓慢下来,大正也持竿找地方钓去了,我稍稍移动了一下地方,又钓了不到一个小时,钓上了六七条更大些的梭鱼。这时,船老大打过电话,天已近黄昏,我告他6点钟来接我们。

海水漫过了平台,涌来的浪"哗哗"地拍打着堤坝。需要转移阵地了。我见这会儿灯塔高台上反而一个人也没有,就抓了把沙蚕持竿到灯塔去钓涨潮鱼。

又得到了一回满足,就在大家基本不怎么上鱼时,我在灯塔边又连上了五六条尺把长的梭鱼。

一阵微微海风吹来，觉得有些冷了，天色渐黑，已经快6点了，这时我才想起，明天是星期一，我必须连夜赶回上班。商量了一下，大正赶紧联系他妹夫开车到石家庄，与我们碰头接我回去。

夜幕降临，船老大的船从6#灯塔接上十多个垂钓的钓友途中接上我们一道回去。

上船后，我们相互打问。哈哈，这帮小子正是北京的那帮在网上发帖子来黄骅港垂钓的钓友。钓鱼人如故友，一见面大家就有共同语言，话很投机。聊天中得知，坐在我对面的可能就是北京这拨儿钓友的组织者，他们此行一共开了七辆车，来了三十一个人，先走了一批人。看来，今天我们的运气好些，上鱼的总量应当不少于他们。船快靠码头时，我对面的北京钓友向我介绍，他的网名叫"行云流水"，他身边的一位叫"黑豹"，希望我们下次在网上联络。

浪涌心平

夜蒙蒙，海茫茫，灯塔航漂闪闪烁烁，港口和停泊的轮船灯火通明。上岸与在港口迎候我们出海归来的钓友们相聚后，一同到港区的一个饭店狂吃了一顿海鲜，离开返程时已经是晚上9点半钟了。

**10月16日（周日）（21时30分）
至10月17日（周一）（8时前）返回途中**

我们意识到可能晚上要起雾，告别黄骅港后，许勇开上大正的越野吉普车拉着我们原车人马，带着另一辆车直接赶赴石家庄，与来接我的车会合。

在黄骅的部分钓获

一上车，大家还继续品味着今天的海钓。一路

夜雾中行驶，摸摸爬爬地用了三个多小时才到了沧州市区，好不容易找到高速路口，高速公路早因大雾封闭了。我们只好打开地图沿307国道开往石家庄，这时到了凌晨2点多了。还有一百七十多公里的路程才能到石家庄，大家开始显得疲惫不堪，摇头晃脑地眯上了眼睛。

凌晨4点40分，在石家庄服务区终于和大正妹夫的车会合了。把我们钓上的鱼装上车后，三辆车分道扬镳，我便乘上大正妹夫的车直接回太原。

路上，我屈着腿躺在车后排座很快就迷糊着了。醒来，天早已大亮，已到了太原的高速路口。我看了一下时间，7点半钟了，还好，误不了上班的钟点。

我想在"老网"上叙说

——在儿子高考的日子里

2007.7.17（周二）

我今年1月份登陆"老渔翁垂钓网"（以下简称"老网"），很快就融入了全国钓友大家庭的氛围。两三个月间，写了几篇拙作，结识了一些网友，在"老网"上学到许多知识。我还参加了"老网垂钓迎春征文比赛"，得到网友们的厚爱，荣获了个银奖。随后，正如一些网友所责问我的，怎么刚浮出水面不久，连个旋涡也不打一下子就消失了？

其实，我经常挂念着"老网"的钓友们，但我实在没有心思再上网写东西。憋了许久，这里，我想对"老网"的钓友们说几句，解释一下我前段时间的愁闷和这两天的喜悦心情，请见谅我"潜水"的原因。

前段时间，我一直被临近高考，但仍然很贪玩儿的儿子所困扰着。

为人之父，我确实从未管过儿子的学习。十二年来，儿子从未报过一个补习班、辅导班，不完成作业甚至逃课，我也没有斥责过他。虽然老婆经常

湖边静思（2007年于忻州市双乳峰湖）

对我喋喋不休地叨叨，埋怨我有空只顾自己钓鱼，从不抓抓儿子的学习，但我却总认为，贪玩是男孩子的天性，只要做人诚实端正，能走正道就行。并以此为借口，钓鱼一回也没误过。

儿子上高中时在班里排名是第三十六名。我当时想，努努力，只要能考上个大学就行了。

进入高三，儿子居然混进了班里前二十名了。看来考上个大学还是有希望的。

我真正进入紧张阶段是在今年四五月份。

儿子一模考试竟排到了班里第十二名，我想，如果儿子再努力拼搏一下，考上一所好点的大学也还是有可能的。

可是，令我苦恼的是，距高考只有两个月的时间了，儿子似乎一点儿也没有进入高考"冲刺"的状态，和往常一样，该看电视看电视，该打篮球打篮球，该玩电脑玩电脑，从不去学校上晚自习听辅导；生活还是很"规律"——中午午睡必不可少，晚上10点上床睡觉；但，我却隐约听到，这小子这个时候还逃课打球。

想鼓励、想叮嘱、想关心、想……反正是担忧也好、操心也罢，刚想开口，儿子一个"烦"字就把我顶回来。这年头，高考的孩子脾气大，和家长根本不对话。不敢影响人家的情绪和状态，只好憋在自己肚子里吧。

愁呀愁，愁白了头。只好听天由命，一到周末，我没有办法面对现实，就和钓友相约，无一例外地去钓鱼。垂钓至少让我的焦虑心情暂时麻木，心境得以解脱。

从4月份开始，我几乎每周都要出行垂钓。近则百十公里、远则二三百公里，到忻州市的双乳峰水库、到大同县的册田水库、到左权县的石匣水库、到原平市的观上水库、到宁武县的暖泉沟水库、到榆社县的云竹水库……水边垂竿，烦恼和忧愁顿时少了很多。

若不是垂钓，我真不知将如何熬过这段日子。

儿子在二模和三模在班里排名分别为第十五和第十名（这是他从小学到高中的第一个好成绩）。越是如此，我心里越是紧张，越是紧张，就越想着出行垂钓。

6月7、8日的高考时间终于临近了。

6月1日那天，儿子喜冲冲地拿着个红色的证书进了家门，怕我责怪，先向我声明，不要怪他呀，他可没缴（报名）费。然后得意地讲起他和社会上的朋友参

加了全市的一个篮球俱乐部比赛，三十二个队循环赛，他们打了个亚军，仅比省体工队的子弟队差2分……我的脑子登时空白了一阵，都什么时候了，还逃课打球？三十二个队，怎么说也得逃十天半个月的课呀（我儿子曾对同龄的一个朋友讲，他上高三时，一周最多逃过十七节课，这事儿传到我的耳朵里委实让我担心死了）。但在这等关头上我还能说什么呢？反复犹豫，一跺脚，我还是和朋友们离家去了宁武县的水库连钓了两天鱼。期间，北京的一个钓友给我打电话，得知我还在水库边坐着，感到非常惊讶。唉！他们不理解呀：

　　我在垂钓中为儿子祈祷！

　　我的一个朋友告诫我，无论什么事情发生，都要注意别对孩子多话，别影响了孩子的情绪和状态，并指出了许多"考生戒语"。唉！那我就忍着什么也不说吧。

　　高考的前一天中午饭后，儿子什么招呼也没打就出了门（没人敢问干什么去）。从下午5点打手机快到7点了都不接。我只好叫上传达室的师傅，领着我到他可能出现的地方去找他。明天就要考了，也该准备一下了吧。

　　直到晚上8点，我们才在一个篮球场把玩兴正酣的儿子找到。

　　我强忍着，装作和颜悦色，把儿子叫回了家。

　　熬过了漫长的两天高考时间，又进入了更加漫长、更令人难以煎熬的考后焦虑的日子——估分、报志愿、等成绩、等结果，甚至四处打听报复读班的情况。

　　那些天，简直是在煎熬着一个痛苦的刑期！

　　期间，我到大同市一个县里的水库和晋中市一个县里的水库钓了两次鱼，这两次垂钓中，我的心都吊到嗓子眼儿了。在这之前，我为儿子填报了高考志愿。1A选的是沿海城市天津——从太原去天津可顺路到黄骅港考察考察海钓；2A选的是上海水产——干脆离垂钓专业更近些；第三志愿选的是太原的一所大学——儿子明确告我这个学校要去我去上，他要复读。

　　6月25日，儿子的分数出来了，居然在班里排到了前五六名左右——这是儿子上学十二年来最好的一个成绩。儿子脸上喜悦万分，长时间来第一回主动热情地对我说："你以后就好好钓你的鱼吧！"

　　我让儿子看看我这些日子让忧愁增添的许多白发。

　　6月30日，我同钓友又一次到宁武县的暖泉沟水

库,那是我很长时间以来最开心的一次垂钓。

7月6日,得意了几天的儿子突然烦闷起来,提出要和我出去钓一回鱼,而且,走得越远越好。

可能,他是听到了什么不利消息了吧,或许,离7月11—13日1A院校录取的日子越来越近了吧。

我和大正驱车拉上儿子,连夜赶到三百多公里外的大同市的一个县里的水库。

在水库边支好了帐篷,儿子一钻进去就再也不愿出来。

第二天快中午时,儿子一个人拿着根竿儿,沿着水库边儿,转到很远的地方,钓上了一条三四两的鲫鱼回来了,就又钻进了帐篷里。

我心里酸楚楚的,高考的孩子确实可怜呀!

7月13日,是山西考生1A院校录取的最后一天,我精心设计了去云竹水库垂钓的一行。我们共有九个钓友前往夜钓。

不论什么结果,让我在垂钓中迎接或应对。

我终于得到了虽然在意料之中,但仍然让我激动万分的消息——儿子被天津大学录取了!

我居然脑子里冒出的第一个念头就是,我以后可以堂堂正正地去天大看儿子,然后顺路到黄骅港考察一下海钓。

下周末,如果没有特殊事情,我想先去一下黄骅港痛痛快快地考察一下海钓!

我们现在已经联系了五六个钓友了,还有谁要参加?

2007年3月在海口筏钓

垂钓的海鱼

2007年5月在大同县册田水库

水袋中的渔获

长岛海钓之行

2009.9.28（周一）

策划已久的海钓终于成行。下午7点15分，我同大正、老西儿、小彭、小冯集结出发，连夜驶向九百公里之外的目的地——我魂牵梦绕的长岛。

长岛位于辽东半岛和胶东半岛之间、黄海和渤海交汇处，由三十二座岛屿形成，以长山岛得名，亦称长山列岛。长岛自古称为蓬夷之地，其奇秀与神秘，与隔海毗邻的蓬莱岛皆被美誉为人间仙阁，素有"海上仙境"之称。

国庆假日的长岛港

我去年国庆放假期间就和大正、老西儿、许勇、建明、小彬等钓友到长岛尽情品味了那里的海钓之餐，至今仍回味无穷。

从太原出发，我先驾驶着面包车，开过石家庄，上了青银高速路后，换由小彭驾驶。我斜靠着最后一排座位，抽了支烟，不一会儿就进入了海钓梦乡。

大约半夜11点多，我醒来一看，起了雾了，把车上所有的灯都打开，能见度也只有几米、十几米。小彭拉开距离，跟着一辆大车的尾灯以二三十迈的时速缓慢地行驶着。

驶离济南还有五六十公里时，雾愈来愈大，我

们的驾骑就像在云里穿行似的，飘飘荡荡，车速更慢了。大家瞪大双眼，帮着小彭仔细地辨别路标、车距。我伴着窗外飘荡的雾，不知不觉又迷迷糊糊地睡着了。

睡梦中，我好像又置身于长岛，眼前浮现出那缥纱的海市蜃楼、那瑰丽的海姿幻影，我同大家在那千姿百态的奇礁异石间行船垂钓……

9月29日（周二）

我醒来时，天已大亮。车窗外，一路秀美景致。

蓬勃的旭日冉冉升腾，喷出绚丽的霞光，洒向四周郁郁葱葱的山岭，映透路旁一片片累累果实的田园，托起山峦间一个个碧如明镜的水库。

快清晨6点时，眼前出现了大海，大家即刻倦意全无。我们终于到了蓬莱市。

清晨的蓬莱市，恬淡清雅，美丽的海岛已着上节日的盛装。海边的小码头停靠着几艘船只，在那里，有几个用小矶竿垂钓的人在悠然玩耍。我们在一个小饭店吃了早点后，就直奔去年光顾过的一家渔具店。

店老板正在忙着招呼别的客人，我们就先向当地的一位热情的钓友了解最近长岛的钓况，并在那位钓友帮助下，找齐我们所需物品：用于海竿绕线轮上的两盘8#一百米主线、六十个栓子线和钩子用的连接环、五扎（一百副）六十公分长的4#—6#子线栓好14#—22#的伊势尼钓钩、二十个两百克和十个一百五十克的铸铁坠。

我一边数着配齐的东西，一边又向那位钓友了解这个季节的钓饵情况。钓友告诉我们管蛆最好用，就是贵些，五六十元一斤。

我还是头一次见到这种东西，看上去像砂蚕一样的"蛆"，缩在细砂和碎贝壳形成的"管"中，但用手抻一抻这"蛆"，的确显得既皮实又有弹性。我想，来回的汽油过路费都要花几百元，要玩就玩个痛快，一咬牙就买了它一百元钱的。

老板最后一共收了二百三十元，还送了三十米的6#子线，让我们栓连接环用。

从渔具店出来时，刚过上午10点，我们只用了十几分钟就到了去长岛的轮渡港口，把车先开进船舱。10点40分，轮渡船鸣笛起航，劈波斩浪驶向长山列岛。靠在桅栏，我凝视着汪汪碧绿的海水，若有所思，那船舷掀起清澈的波涌滚滚而去，荡走了我一身倦意，似乎也荡涤了人间的喧嚣！

几只鸥鸟从面前掠过,我看到船驶过的一处人工礁岛处有五六个人正在挥竿垂钓,登时心血沸腾。虽然,到长岛的整个航程只有一个多小时,但我还是觉得非常漫长。

快12点钟,轮船缓缓靠近长岛港,去年接待我们来长岛垂钓的小范——渔家乐老板娘早已在码头迎候着我们。

十几分钟后,我们开车到了北长山乡北城村,进了洋溢着渔家风情的小范的家。房间早已打扫得干干净净、收拾得整整齐齐,因为是回头客老朋友,小范痛快地告诉我们,连吃带住还是每人每天六十元。

小范热情地帮我们安排好后,就一个电话接一个电话地去完成我们交给她的"任务"——请一位熟悉海钓的朋友晚上到家一趟,让我们咨询一下鱼情、钓法和钓场;钓定好明早出海的船。小范的老公和儿子则在厨房忙乎着为我们准备着午饭。

我们洗漱后,一桌丰盛的饭菜已经摆好:海鱼、海蟹、海虾、皮皮虾、海圣子、海螺各上了一大盘儿,还另上了两大盘"珍稀"(仅有的蔬菜)佳肴——海米熬大白菜和韭菜炒墨鱼,摆了满满一桌子。随后,热情好客的主人又端来一盆热气腾腾的紫菜鸡蛋汤。

狂饮暴食之后,我们决定下午集体养精蓄锐,通通睡觉。

小范下午5点来钟又到码头帮我们买些海兔子,明天做钓饵用。

垂钓用饵——管蛆

蓬莱至长岛间的人工礁岛

……

晚餐桌上端上了鲅鱼饺子、拌裙带菜、海蜇皮、蒸海胆、炒海肠。饭后，小范的三哥来到家里，我们向他详细地打问了所需要了解的情况。准备了一通出海所需的东西。又专门了解了一下天气和海潮等情况，明日：

气温：23度（高）—17度（低）；

风向：西北风，风力：4—5级；

气压：1010.8百帕斯卡（非常理想的气压）；

日出日落时间：5：45—17：35；

涨潮时间：8：12、20：52潮高，14：45潮低。

9月30日（周三）

凌晨5点前我就起床洗漱完毕。把大正、老西儿等挨个叫醒后，又把出海所需要带的渔具、食品和水等都一一搬到了门口。

随后，我给他们每人分发了事先早就买好的晕船药。大正没取去年来长岛垂钓晕船的痛苦教训，还专门买了些晕船药帖分给大家，我们也都认真地贴在耳朵后面。

5点半准时出发，小范家离码头只有几百米远，不到十分钟就到了。

码头熟悉的腥咸味儿非常浓郁，机动船轰鸣马达声响起，停靠着的数十艘船只开始出出进进。三哥领着我们找到了渔船，船老大居然就是三哥的儿子。

三哥的儿子二十来岁，一看就是个干练的小伙子，他还带着一个伙伴儿陪我们一同出海。两个小伙子帮我们把东西搬上船后，钻进驾驶楼，摆来弄去发动了船，显得十分老到。

天色渐亮，迎着海平面吐出的第一缕霞光，我们的船起航了，驶向马星石礁岛钓场。

我们在船上吃完早点，把带来的四支3.6米、一支1.8米的海竿绕线轮都上好。准备由大正、老西儿、小彭和我今天大战一场，小冯做后勤打下手。

渔船劈波斩浪，在波涛翻卷的海面颠簸起伏地行进着，远近处，一只只海鸥时而搏着风儿飞翔、时而又急速俯冲扎向海面。

一个半小时后，影影绰绰的礁山——马星石礁岛渐渐出现在我们前方，那岛周边已有七八艘比我们早到的船只在垂钓。

我们行驶到离礁岛五六百米的一个航标附近停船熄火，让渔船顺着海流漂泊。我、大正、小彭早就分别在钩上挂好管蛆、海兔，准备在船舷两侧下竿。小冯晕船早躲进了驾驶室，没想到老西儿也爬在驾驶舱前的甲板上晕得有些"不省人事"。

小彭见状放下渔竿过去关照他俩。老西儿却喃喃地说道："别管我，快去钓你们的吧！"

上次是大正，这回又轮到老西儿，每次都有些遗憾呀。我一边想一边慢慢松开轮上的线，把两只穿着管蛆的钩子送入海下。我感到缓缓下沉的铁坠儿触到了十五六米深的海底时，轻轻提了下竿，收紧了线。然后不时地提竿落竿，保持铁坠离开海底，让六十公分长的子线上的鱼钩挂着的钓饵顺着海流漂动起来，诱惑着鱼啄食。

问了下时间，大概7点半多。今天的头次涨潮还没有结束，我感到海流还是不小，把线都拉得与海面快成了45度的斜角。我适当地又送了送线，突然感觉水下连续传来几下拉扯的力量。我猛然向后扬竿儿，有些力道，确实中鱼啦。我立即摇轮收线，当鱼儿还在水下挣扎时，我就向大正他们宣布，开竿了。

鱼被提上了船，扑棱扑棱地还在挣扎。我戴着手套把钩子从鱼大大的嘴巴中摘下。我把这尾七八两重的大头、大嘴的黑鲪鱼（当地称做黑鱼）放入水袋后，重新穿一截儿好管蛆赶紧又下了竿。

在马星石礁岛钓场

　　海钓之所以刺激，就是因为海里的鱼喜好成群追流觅食，往往钓上一条就可能找到一拨儿，连竿儿上了几尾。

　　果真，我的坠儿刚探到底不到一分钟，又感觉有鱼吞钩扯线。这次传来的力道很大，竿子被绷成了一道弧形，我一边挺竿收线，一边叫大正他们也换上管蛆试一试。

　　鱼被拉到水面时我才看清，原来中了双尾。一大一小，两条加起来有一斤多重。

　　第三竿下得可能有些急，坠儿触底后没有及时提竿，显然挂住了礁石。

　　漂动的船把竿子与海面已经拉成了大斜角，只好"拔河"硬拽。还好，坠儿没丢，"卖"了一只钩子。

　　渔船被海流冲得离开航标数百米远，偏离了主流道。三哥的儿子发动着马达，重新向礁岛靠近去找流。

　　这趟流，我钓上三尾黑鱼，大正上了一尾，小彭暂时还没找到感觉。

　　我以前只是在网上、杂志和电视上了解了一些海钓知识，诸如"急水钓缓，静水钓流，钓浪花飞溅，不钓风平浪静"等。今天看来三哥的儿子有的是实践经验，只见他开足马力向着马星石礁山前方露出一片礁石的暗礁群驶去。那地方，有十几只海鸥在露出海面的礁石尖上飞起飞落，不停地向礁石群间被海浪冲起白色泡沫的海流处发起进攻。

　　我们到达目标区域后，马上就投入到第二场战斗中。

　　这里的水深不到十米，浅处只有五六米，钓上的鱼个体显然小，但密度大。顺着这支海流漂荡了二十几分钟，我就上了五尾小黑鱼、两尾小黄鱼和两尾小红鱼（三哥的儿子和他的伙伴儿把这种鱼叫做"花媳妇儿"）。最大的一尾黄鱼（可能是所谓的"六道鱼"吧）有一斤多重。大正钓的也差不多，小彭赶在这拨儿终于兴奋地"开了竿"。

　　大概八九点的时候，平潮了，海面平静了许多，阳光斜射在海面，金波粼粼，不时有鱼跃出水面掀起浪花，几只鸥鸟开始在空中盘旋，向下俯冲着。我们开始绕着礁山，寻找新的战场。

　　这时礁山周围不知什么时候已经围聚过来大大小小不下三四十艘垂钓的船只。

呈现出一番"百舸争流、千帆竞争"的热闹场面!

天热了起来,我脱掉外套,只穿着长袖T恤衫和钓鱼马甲。我了瓶水咕噜咕噜地就灌了进去。

小冯似乎缓过点儿劲,老西儿还在舱里爬不起来,看来今天只能退出战斗了。

绕到礁山的另一侧,先是找到一处流,连下了几竿都挂了底,我们只好改变方向到远点儿的地方去试一试,不行就准备再换地方。反正这会儿也找不到正经流,还不到10点,我就开始提前吃掉午饭,四仰八叉地躺在甲板上,望着天空翻卷变幻的云朵,聆听着大海涛涌冲刷礁石的合唱声,舒展一下身躯吧。

快到11点,船不知又到哪里停下了。大正绷着弯弯的竿子叫我:"起来吧,又开始上鱼了。"我坐起身一看,小彭也在上鱼。三哥的儿子说道:"已经落了二分潮了。"

这儿的水深,小彭告诉我。我放了三十多米的线才探到礁底,而且海流还挺急。

离我们不远,还有两只小船上的几个当地钓友在船舷边把线绳绕在手腕上,用"手把式"(用很粗的尼龙线捆住八十公分左右、大约10号粗的铁丝弯成的架子,中间挂着一个足有八两一斤重的铁疙瘩当坠,两端拴着长长子线捆着的钩)不停地提提拉拉的,不时也上着鱼。

大正、小彭接二连三地又上了几条黑鱼、"花媳妇儿"后,我的渔线才传来抖动感觉。

不好,又挂底了,我扬竿后迟疑地将竿子绷紧了片刻,突然线松了一下,原来是中鱼了。赶紧摇轮收线,一尾斤把重的黑鲪鱼被拽上了水面。哈,这一条快顶上了两条,我心中一阵窃喜。

之后,在这拨流中又钓上两尾黑鱼,都还不小。

下午两三点钟,流又缓了下来。从其他方向又陆陆续续地开过来十多艘垂钓的船只。今天,马星石礁岛周围简直成了热闹的集市了。

赶来的船只上的人们和其他船上的熟人相互间打着招呼,交谈着钓况,大多数人开始在船上吃着东西,小憩着。

大正靠在渔船驾驶楼迷糊着,小彭一边吃着东西一边和三哥儿子的伙伴聊天儿,我这会儿需要把钩、线、坠、鱼饵等重新归整一下。

这时,三哥的儿子过来和我商量,二潮要等到下午五六点钟以后才能起,那会儿天就黑了,况且现在船聚得这么多,也钓不成个啥,不如我们现在

往回开，在返航的途中到大头礁岛那儿可以试试。

的确，我们下午4点半左右把船驶到大头礁岛钓了近一个小时，又有了不少的收获。开始返航时，夕阳在西边的海平面开始徐徐下沉，不远处的北长山岛上的灯光也闪闪烁烁地陆续亮了起来。

10月1日（周四）

今天是六十周年国庆日。

早上，我还是第一个起来，推开院子大门，我深深地吸了几口带着晨雾湿润和微咸味道的新鲜空气。

三五百米开外临海挺拔的南山顶上，高高此立着风力发电的风车，风车的巨大叶轮缓缓地转动着。据说，明年我们再来的时候，这些风电叶轮将会给长山列岛带来无限的光明。面对迎风转动的叶轮，我庄严地向祖国行了注目礼！

昨晚，小范的三哥和姐夫同我们一道讨论决定，今天6点半出发就可以了，开船绕着我们所在的北长山岛，在"炮洞"、半月湾一带的钓场垂钓。

老西儿、小冯今天肯定不能再同我们出海了，这会儿还在屋里挺着。大正也可能因为昨天钓得有些勇猛过度了，小腰出现了点问题，我和小彭劝他还是留在家里，同老西儿他们一块儿在家里看看六十周年庆典直播，想过瘾了就拿上手竿矶竿的去海边儿找片礁石堆玩儿几竿。

小范的姐夫名叫赵庆吉，年龄比我们都大几岁，我和小彭也都管他叫姐夫。

姐夫性格开朗，我们一见如故。今天他穿一身褪了色的迷彩服，提着自己用塑料条子编的一个很大的手提篮，里面放着垂钓用的"手把式"等一干物件，一大早就跑来了。姐夫进门后，不是催小范把带到船上的食物赶快装好袋子，就是给三哥打电话让他快点儿赶到码头。然后，我和小彭风风火火地跟着他到码头登上三哥的船。刚6点10来分，渔船就驶出了港口。

敦厚的三哥，黑黝黝的脸上总是挂满憨憨的笑容，有时也诙谐地与喋喋不休的姐夫调侃几句。

姐夫靠在驾驶室旁的船舷跟我讲起，他三年前从长岛县财政局领导岗位退了

下来,没事干才学的钓鱼,从此一发不可收拾,没船出海,每天坐在海边也要钓上半天。这不,钓鱼钓了这三年多的时间,吃得香,睡得甜,降糖药不吃了,高血压的药也停了,最主要的是感觉到心情好,走路也精神。嘿!上半年去医院体检,大夫愣说什么病也没有。

盯着姐夫那张被紫外线晒得黝黑透红、被海风刻出深邃皱褶的脸庞,如果姐夫不这番自我介绍的话,我还一直认为他和三哥一样,是一个地道的渔民呢。

半个多小时后,我们的渔船就到了"炮洞"附近的钓场,有两只小船也在这儿垂钓。这会儿我才清楚,原来这里作为国防前线,在临海礁山的半腰有几个开凿出的大山洞,每个洞里都有一门伸出炮筒的神圣的大炮。

村南码头和南山上的风电叶轮

姐夫指向炮洞附近山凹处的几栋建筑对我说,这里的钓场让大连人给承包了,一般根本不让人来垂钓。可三哥不一样,谁都得给面子。

果真,当我们没钓多长时间,就有人出来,站在山坡上,远远地冲我们大声喊叫起来。三哥从驾驶室探出身,冲那人也用洪钟般的嗓音吼道:"嚷什么你!午间烫好了酒再叫我们。"那人一打量是三哥,回头便走了。

头潮已经涨了四五分了,西流还是很急。经验丰富的三哥找到流,把船开到炮洞东边的山凹附近,熄了火,让渔船顺着海流漂荡到炮洞西边的半月湾一带,再往返一趟。每趟我们能钓上半个小时左右,期间,三哥也拿上"手把式"钓上几尾。

　　正如昨晚姐夫预料，早半个月二十天长岛出鱼很好，这季节可能就剩这里的钓场是鱼洄游深海所要经过的路径。我们今天果真在这儿遇到鱼群了，比昨天上的鱼不仅个体大数量多，而且我找海流找礁石底子很有规律很方便，每个人漂流一趟都没空过手。

　　小彭客观地说还不算什么钓手，连线组都不会拴，每次挂底断线丢坠儿的就要让我耽误许多战机帮他。然而，这次小彭的确感受到了海钓的刺激，每上一条鱼都很兴奋，都要大喊大叫一通，而且不论大小总要拎起鱼来在大家面前展示一下，然后才放进水袋里，成就感很强。但小彭确实是我的好帮手，每当我把钓上的鱼随手扔到甲板上时，他总要及时把鱼收起来，缺什么家什就赶快帮我拿过来。

　　我钓上一尾色泽鲜艳的大黄鱼，足有一斤多重，我也向小彭显摆一番："这才是真正的目标鱼，晚上让小范的老公把它给咱红烧了。"

　　姐夫看我钓上的黄鱼说，确实漂亮，在这儿钓上七八两的就算不小的了，但是黄鱼不如黑鱼好吃，小"花媳妇儿"炖上一锅也非常鲜美。

　　之后，姐夫见我连着几次摇轮收线竿子都弯弯曲曲时，就问："可以呀，又上大的了？"我也觉得有些手感，却故意漫不经心地回答："不大，又是一个'花媳妇儿'。"鱼提出水面，姐夫说："什么呀，快一斤重的黑鱼了还不大，你这趟流连续上的这几条都是六七两以上的黑鱼，你偏要告我钩住的是二三两的红鱼（'花媳妇儿'），你真会逗我。"三哥笑着插话："这不大家逗得都开心呗！"说着，姐夫的"手把式"提了上来，两个钩子上各挂上一条扑扑棱棱的小红鱼。我的话立即赶了过去："原来'花媳妇儿'都我你去了，你真厉害，一下就'娶'了俩。"

　　哈哈，大家更加愉悦地笑了起来。

　　姐夫嘿嘿地一边跟着笑，一边从提篮中找出一把锋利的刀子把小红鱼片成几片儿，然后在两个钩子上各挂一片儿做鱼饵，诙谐地自言自语地说道："我要拿你这'花媳妇儿'的肉去给我勾引几个大黑鱼过来。"

　　今天垂钓的确非常开心，我还钓了六条小黑鲷。大正他们打了N个电话关心着我们的战绩。小彭对我一直说，今天真过了瘾了，大正、老西儿、小冯没来真替他们遗憾。

　　是的，今天无论潮起潮平潮落，不管大小几乎没停过上鱼，钓得疯狂、刺激，

时间也流逝得飞快！已经下午4点半了，眼看着潮低落平，海雾轻轻弥漫开来，兀立挺拔的礁岛山巅托起的暮日，却依旧吐着灼人的火焰，把天空瞬息万变的簇簇云团染上无比绚烂的色彩，瑰丽的霞晖穿过缥缈神秘的雾纱，淋漓地撒在月亮湾开阔平坦的沙滩和幽蓝的海面上，令人无限遐想。

看着我的水袋，少说也有二十斤的鱼入了账。但今天更大的收获是向三哥、姐夫学到一些在长岛海域海钓的基本知识，我默默地记着：高潮前约两小时西流（涨潮流）起；低潮前约两小时东流（落潮流）起；流完到流起中约两小时平流（转流时间）。在涨落潮期间找到海流找到礁石底子才能找到鱼钓到鱼。

最后三哥还介绍，他们这里的海域每月初三、十八潮涨落最大，农历二十九至初五，十四至二十是大潮活汛期，海水涨落幅度大，鱼咬钩积极。

那么，明天不就是农历八月十四了吗？我心中充盈了期望。

船比昨天早一个小时就开始靠近码头。我挺展了腰板站在船头，沐浴着晚霞，迎着咸腥味儿愈来愈浓的海风，看见大正他们早早就在码头迎候我们归来。我们相互间分手不到十个小时，却有一种阔别的亲切。

晚上，我们请姐夫一道来小范家，当我们正兴致酣畅地吃着美味儿的海鲜大餐、看着国庆盛典的电视重播、筹划着晚上能否夜钓一把、聊侃着永无休止的垂钓话题时，三哥打来电话，他儿子明天要带女朋友到家。

看到我们当时有些失望的样子，小范在一旁马上宽慰道，没关系，那就和张太勇联系一下。一个电话打过去，对方爽快地答应了。

姐夫感觉出我们还有些遗憾，就直言快语地向我们介绍，太勇原来在县渔业部门工作，现在自己在外海搞养殖，是他的一个铁杆儿钓友。

但不管他怎么说，我心里还是念想着三哥。

10月2日（周五）

毋庸置疑，我们今天的目标仍然锁定"炮洞"——半月湾钓场。

早上，我把冰柜里存放的所有的管蛆、海兔子都带上，在渔具包里又多放进几个头灯手电。大正毫不迟疑地又加入到我们战斗的行列。老西儿开上车同小冯一块儿送我们到北长山乡跨海大桥的桥头附近的小港湾。太勇的船就停泊在那港湾里。

姐夫骑着小摩托带着他的手提篮已经到了，举着手机催促着正在船上发动马达的太勇麻利些。

小港湾里拥挤着三四十艘大小船只，一条不算长又有些狭窄的人工砌成的进出航道通向宽阔的海面，东侧是通往南长山镇的海上大桥，沿着海滩礁群向西就是我们今天要驶去的方向。

早上初升的太阳，照得人身上暖暖的，清澈的海水里蹿动着一群群游来游去的小鱼，在海面上折射起一道道耀眼的粼光，偶尔也看到一两只浮上海面的小海龟把头伸出来的可爱的样子。

太勇的船来了。这是一艘十二三米长的渔业养殖船，船舱齐胸深。太勇盘着一条腿坐在船尾，一手把着发动机上的舵柄。太勇看上去有四十二三岁的样子，身体强壮彪悍。看上去和三哥一样憨厚的太勇，脸上也染着一样的泛着油光的紫铜色。

大正和小彭把带的东西在船舱里归整好，把舱里架着的木板重新摆稳坐好，组起海竿。姐夫在高高翘起的船顶头坐下，把提篮放在身后，掏出一小瓶酒先抿上几口。我选在船头暗舱口处，挽起裤腿儿，脱掉鞋袜，让两条腿悬在船舷外，任溅起的海水扑打着双脚。

太勇的船虽然不比三哥的大渔船行驶得慢但明显颠簸得多。半个多小时后，我

又看见"炮洞"的那片礁山。

离开"炮洞"礁山几百米的海面，浪涌托起几条长长的白色泡沫带。更远的海面有艘大型渔轮，可能半夜就停泊在那里，周围飞绕着点点海鸥。

判断好位置，大勇关了马达，让船顺流西去，我们纷纷把早已穿挂好鱼饵的钩子放下海底。休整了一天的大正首先开竿，把一尾个头不小的黑鱼飞到舱里，脸上绽出早晨阳光般的笑容。太勇和姐夫在船的头尾一前一后地提放着"手把式"的线绳，说着他们今年钓获的故事。太勇讲，他前半个月在这钓场，一晚上钓了八条海鳗；姐夫说头两三月他见有人在这里钓起过七斤多重的梭鱼，可惜现在钓梭子鲈（鱼）板儿的季节过了。

我今天一开始有些不顺手，连续挂两次底，丢了钩子卖了坠儿。姐夫向太勇调侃我，让他哪天没事到这里的钓场潜水摸摸坠儿，说不定一天弄上来半吨的铁来。我沉住气，等了半天，终于上了今天的开竿鱼——一尾上斤重的黑鲪鱼，我炫耀地笑着对姐夫说，这一条鱼就能捞回本了吧。哈哈，姐夫的钩子也挂了底，断了一根脑线。我嬉笑着赶紧对太勇说，潜水摸铁时可别让姐夫断了线的钩子划破了腿哟。

大海最容易还给人本来的面目和天性。姐夫对太勇说，他和我一见如故，"香"味儿相投，希望我们年年来长岛和他一块钓鱼。小彭也代表我们盛情邀请姐夫和太勇，再叫上三哥到我们黄土高原领略一下湖库垂钓的风情。

今天最开心的还是要属埋头苦钓的大正同志

在"炮洞"钓场钓获的黑鲪鱼

了。中午12点多，他匆匆吃了点东西，陪姐夫、太勇喝了两口小酒，就又挂饵下坠儿，频频起鱼。下午4点左右，当涨满半潮的时候，大正的竿子猛然弯曲，大家都以为又挂住了底。当大正绷着竿子正迟疑时，线略松了一下，"可能是大鱼。"大正一边倒竿收线一边判断说。小彭见状，收了自己的竿，拿着抄网赶紧站到大正身旁。一尾大黑鲷鱼在海面卷起了一大簇水花又挣扎着向水下扎去，大正海竿轮子上的卸力吱吱地还响了几声。当大黑鱼被小彭抄入网中时，大正的脸上泛出了刺激的喜悦。太勇估计这条黑鱼有三斤多重，姐夫说这是他今年见到钓上的最大的黑鱼。我讪笑地叫大家赶快再下钩，鱼妈妈领着排着长队的黑鱼正从这里路过呢。

天渐黄昏，我也钓上一尾大黑鱼，姐夫用"手把式"钓上了一个一斤半左右的扁口鱼，煞是得意。

海面又荡起了薄雾，随之夜幕开始降临。浪也有些大，船在汹涌的峰谷间起伏漂荡，夹着潮气的海风吹得身上有些湿冷，太勇找出两件帆布雨衣让我和小彭穿上，然后，在船头准备好夜钓的射灯，我把带来的头灯让大正、小彭夹在帽檐上。

趁船再次从月亮湾一带海域向"炮洞"方向行驶的途中，我们一边吃东西，一边听太勇介绍夜钓鳗鱼的一些基本知识：

鳗鱼一般栖息在泥沙滩涂和泥沙礁群混合地带，以便于其隐藏行踪。要找新鲜的特别是眼睛要齐全完整的海兔子做钓饵，因为海兔子的眼睛在海底会发光，对鳗鱼的诱惑最强。

太勇特别强调，鳗鱼特别胆小敏感，所以要采取守株待兔的方法去垂钓，让坠儿落在海底后，稍稍把线提直，让钩子穿在尾部的海兔子随着海流漂动起来，如果感觉鱼在咬钩，不要着急，耐心等它吃死口后再提竿。

姐夫补充地说，鳗鱼咬钩后心里要数上三下后再提竿，这样保准能钓上。

姐夫让我帮着把船头舱口的盖板挪开，下到舱里把重重的锚举出来放在船头甲板上，接着让我把拴锚的粗粗的缆绳拉出来也盘绕在船头的甲板上。当太勇把船驶到炮台东边，找到泥沙滩涂与礁群结合的海底后，将船熄了火。姐夫站在船头把锚抛入海底，固定好了缆绳。

不知什么时候，海风歇息了，海面平静了。一轮明晃晃的圆月悄悄爬上东南方向的半空，与浩渺银河中闪烁的星斗交相辉映，星月映得海天一色，白昼一般。

溶溶月辉像从明月上铺下来的一条闪烁着银光的地毯，一直从海面伸向我们的船头，这地毯就似一条从海面通往星河的路。凝望着圆月、星斗、银河，浮想联翩。我遐想着，顺着这银色的路攀爬上去，坐在礁石间，挥竿垂钓银河，那是多么惬意呀！

小彭开始叨叨着晕船。这时大勇、姐夫已相继钓起了长长的鳗鱼。我感觉鱼在咬钩，心里默默数了三下提起竿，原来钓起的还是一尾小黑鱼。我从兜里找出最后一片儿晕船药让小彭服下，又把带来的月饼递给他，让他吃点儿东西压一压。随后，我精心挑选了两只新鲜的海兔子穿在钩子上重新抛出了竿，继续回到望月联想之中……竿稍都被拉弯了，我才发现，摇轮收线，把一条一尺半长的海鳗拽上了船。此起彼伏，大勇、姐夫各钓起一条两尺多长的鳗鱼，大正也钓起了两条一两尺长的鳗鱼。

用"手把式"垂钓

正当大家沉浸在夜钓海鳗的亢奋中时，小彭晕船晕得叫喊起来，声称如果我们再不回，他就要跳海了！

大家相对无语，只好起锚返航，打电话叫老西儿开车到港口接小彭。

海上的明月还是那样皎洁，天空闪烁的星星似乎眨着眼睛在讥笑我们。往返一个多小时后，当我们再回去抛锚垂钓时，谁也没有钓上一条鳗鱼甚至一尾小黑鱼。

10月3日（周六）

结束了三天的海钓日程。

  我们向小范夫妇道别，开车离去时，三哥、姐夫、大勇在我脑子里留下了挥之不去的印象。沿着海边的公路上了跨海大桥，在驶向南山镇轮渡港口的途中，我们眼前展开了一幅如诗的画卷：妩媚的阳光撒向翡翠绿的海面，海面上养殖网箱的白色浮漂点阵间，纵横穿梭往来的船只，点点鸥鸟忽远忽近；几缕淡淡的洁白的云，像丝带般悠然飘在蔚蓝的天空；着上秋色的礁山石岛，一簇簇红色、黄色、紫色、白色叶子的树丛和绚丽的花朵，点缀在郁郁葱葱的绿色树木草丛间；海滩边和山峦间竖立的一座座渔舍楼宇建筑，更有在山顶上一个个雄姿屹立地转动着的风电叶轮，似乎向人们召唤着！

  登上驶向蓬莱的轮船，向渐远离去的长岛眺望，在我心中永远留下的是那奔放不羁的大海浪涛，那兀傲不群的礁山石岛。我想，无论多么汹涌的江河汇入大海后，就再也找不到原先的一点水滴；人生旅途中，无论谁想在大海边的沙滩留下足迹，也一样将被瞬间抹平——面对大海，人，是那样的渺小。而胸襟开阔，清风朗月；淡泊名利，无欲则刚；不计世俗，我依旧是我——钓鱼人的情怀，又是那样的博大！

  老实做人，诚实待人，扎实做事，踏实地走自己人生的路——我瞬间想到我常常对儿子教诲的话。

  月圆归兮。路遥遥兮。

冷冻的部分钓获

汾河二库

——我和老梁初行

2009.11.8（周日）

一

今天是进入立冬节气的第二天。

前几天，突然降温，寒流袭人。昨天早上起来，一个人在家洗洗涮涮地腌了点咸菜和鸡蛋。中午，天气转暖，吃完饭后，开始烦躁起来：好不容易赶上个周末休息，白白浪费了一天，琢磨着明天一定得去哪里去钓上两竿。

二库，汾河二库，今年一次还没有去过。我首先想到的居然还是她！我一直在关注着二库，但今年去过的钓友都说今年二库的钓况不好，在二库工作的一个好朋友也告我，来钓的人十有六七都是"剃"光头，所以今年来钓鱼的人很少。

管它好不好钓，今年一次还没去过呢，何况说话间就进入冬季了，就是"剃光头"也应该去一次。

汾河二库是我最喜爱去垂钓的水库之一。我对她的向往，并不仅仅是去追求每次垂钓的钓获，更主要的是想多领略领略她那鬼斧神工的高峰峻岭、

变幻莫测的风云迷雾、气势磅礴的浩渺波涌和婀娜多姿的湖库倩影。每当我仰望到八十八米高、二百二十七米长的汾河二库大坝时，我被她的雄伟壮观气势所震撼！

汾河二库坐落在海拔八百八十六米高的峻山峡谷间的汾河干流上，湖面狭长、蜿蜒曲折二十二公里，蓄水库容一点三三亿立方米，流域面积两千三百四十八平方公里，被誉之为我国北方地区不多见的高峡平湖。

我的一位钓友开玩笑地对我说，汾河二库就像是我的恋人，一提起汾河二库，就会勾得我神魂颠倒。

好，拿定主意，就去二库了。那么，约谁和我一同去呢？大正、老西儿、许勇、公社……不不不、不行。人们不都说今年特别不好钓，何况已经到了这个季节，要是让这帮小子和我一块风尘仆仆地去，剃个光头败兴地回来，不让他们怨死我才怪。

我突然想起老梁来。这个老家伙吃我钓的鱼吃了有十来年了，经常对我说，哪次带上他一块去看看我钓鱼。

好，反正这次我主要的目的就是去看看我依情别恋的二库。如果他去不了，我就自个儿去一次。

下午，我准备去渔具店买点蚯蚓，路过老梁家进去坐了坐。

我刚向老梁提出明天去汾河二库钓鱼的事，没想到他立刻就很痛快地答应了。老梁的老伴儿更是赞同，还不断地怂恿老梁，快去吧，快去吧，别总窝在家里不是睡懒觉就是看电视。

"那么，咱明天几点出发？"我问老梁。

"几点都行，你说几点就几点。"老梁回答。

"那咱就6点一块儿吃早点后出发。"

二

到二库钓鱼就是折磨人。

虽然就是这么简简单单的一次出行约定，可直到凌晨1点多我还在网上，兴奋得没有一丝睡意。

我强制自己躺在床上，迷糊了几个小时后，5点20分就起了身。打电话叫老梁起身一道吃早点出发。

我俩5点50分就到了老梁家附近的鸿宾楼酒店，等到6点早点才开张。要了两笼太原名吃——羊肉稍麦，老梁要了一大碗羊肉汤，我点了一大碗头脑（明末清初闻名遐迩的太原志士仁人——傅山先生研发的药膳）。俩人满头大汗地吃完后，夜幕还未谢落。我俩便聊着天，乘兴出发。

汾河二库距市区三十公里，二十多分钟后，我们就到了通往二库公路的山脚下。再走十二三公里的盘山路就到水库了。

绕着九曲十八弯的盘山路，愈走山愈陡、愈走弯愈急。我驾驶着车子，真感到刺激。这条路我不知跑过多少次，但每一次都感到那样亲切。

天色渐亮。在高山上才能够看到这一天最新鲜的日出霞光。

我滔滔不绝地讲着我对通往汾河二库峡谷的激情：春天她遍野山花烂漫、鸟语花香；夏日她满山草木繁茂、溪流潺潺；金秋她两侧山峦俊美如画、枫禾如火；严冬她山巅湖库银装素裹、冰天一色。

我突然停了一下，问老梁："你看到现在的景色是什么样的感觉？"

"呵，没什么感觉。现在到处是光秃秃的、灰蒙蒙的。"老梁遗憾地回答我。

"哈哈，这就是你和钓鱼人之间最大的区别。"我不无调侃地对老梁讲："我们钓鱼人和大自然的关系是你所无法体味到的。我每次来二库的感觉都是不一样的。"我不由得有些自我陶醉起来。

"那你说，你现在看到的是什么感觉？"老梁毫不示弱地追问我。

"是的，你说的对。"我回答老梁："现在漫山遍野是光秃秃的，显得凋零了，甚至让人感觉到灰冷。但你换一个角度去欣赏一下，感觉就不一样了。"说到这里，我甚至掏出一支烟点燃后指了指前方的山峰接着说："你看，正是因为山岭上的荆棘凋零、蒿草枯萎后，才更露出那山的奇峰突兀、千姿百态、怪石嶙峋的样子，才更让人看清那山的脊骨脉络中流淌着的生命活力，才更给人呼之欲出的感觉。你说这会儿看这山，是不是才更显得出它那神奇的魅力、展示出它那灰色的肃穆、蓝色的严峻来？

"换个角度你再去想象一下，春夏秋冬四季各有她的美，但现在严格地讲，今天才是立冬的第二

天，还没完全到了人们想象中的真正的严冬。而这个时候恰恰又是季节交替的日子，它在延续着四季轮回，繁衍着大自然的生命。没有这个秋冬的交替，怎能过渡到冰雪覆盖的壮丽，又怎能循环出下一年春天的生机盎然？"

老梁沉默了。我继续咄咄逼人地发着感慨："事实上，你在看山，山也在看着你，这就是最简单的人生哲理。"

"品味人生，就是要珍惜每一天，做人生有意义的事。这就是钓鱼人的境界。"

哈哈，我给老梁上开了课来。老梁频频点头称是。

谈笑间，眼前出现了高高耸立、宏伟气派的汾河二库大坝。心胸登时感觉豁亮起来。

老梁也开始感到兴奋。

三

在二库朋友的事先关照下，我们直接把车开到了离大坝不远的游船码头处。近几年来，因这一带开发旅游，垂钓人就无法光顾了。

"十一"黄金周后，游船就全都上岸"放寒假"了。我就是冲着这个时候到不远处给游船加油的一个深弯处去开我今年在二库的第一竿。

一出车门，山风呼呼吹来，确实感到有些高处不胜寒。我和老梁把棉衣厚袄裹上，拎上渔具沿着水库边走了一二百米到了湖弯处。

仔细"勘察"后，我选在离油管处较近的地方锁定了我的钓位，这个位置处在湖弯的腰部，并且还比较避风。老梁支开椅子，紧裹着皮衣坐在我身后上方，看我怎么摆弄。

早几年，我每年都到这里垂钓，常常钓获颇丰。虽然，现在水位比雨水季节下降了三四米，但水下的情况我还是比较熟悉的。

这个U形弯处，开口两端约有百十米宽，湖底呈锅底形，基本是几米的竿长、几米的水深，靠岸边的水下乱石荆棘比较多。

我摆稳钓箱后，发现居然没带上抄网来。我对老梁讲，在这个位置，没有抄网

就是钓住大鱼也弄不上来,并开着玩笑说,今天可别让大鱼咬钩呀。

其实我清楚,这个季节大鱼早就不开口了。我这次来能钓上两尾小白鲦就满足了。我抽出一支4.5米的竿子,为防止挂底,选了较粗的1.5#大线和1#子线、2#袖钩做钓组。调好漂后,我少开了些偏腥的素饵。采取一诱一钓的方法,上钩穿上蚯蚓、下钩挂上面饵,抛出竿子。

一切就绪,问了下老梁,才7点多。湖库两侧山峰很高,太阳才照在对岸山巅上。我们这儿还是一片阴冷,我告老梁,太阳照到水面时,鱼就可能过来的。小风吹来,老梁冻得有些受不住了,见我的漂半天都没有动静,就告我他钻到车里去躺着了。

附近有游船加油管,正好限制我抽烟。我一面反复地做深呼吸,把平时抽烟受污染的肺好好清洗一番,一面聆听着愈来愈喧闹的鸟雀声,悠闲自得地换换饵抛抛竿,不知不觉阳光开始洒在我面前的湖面上。风也小了,水面微波粼粼,金金灿灿,我想是该小鲦子出窝的时候了。

水面的浮漂一个多小时都纹丝不动。我正考虑是否把漂向下调调,钓钓半水时,突然,漂子慢慢地下沉了一目,随后又稳稳地顶起了一格。我趁势起手扬竿,哈,有些手感,一尾二两多的银白色鲫鱼吃了个"正口",被我扬竿提出了水面。

我好兴奋,居然没剃了光头。赶紧支起渔护,把鱼摘下。鱼咬的正是上钩穿的蚯蚓,但我仍然坚持既定战术挂饵,又将饵抛在上鱼的钓点。

湖库中间不时有鱼儿跃出水面,卷起了水花,

汾河二库游船加油湖岔

太阳出来了,我脱掉了外衣

我的漂子却寂静地浮在水面。我见漂的右前方不远处，偶尔冒出三三两两的鱼腥。哦，鱼还在更深的水中。

我收起竿子，抽出了5.4米的钓竿，把水线调到五米多的位置，三下两下就调好漂找到底，把钩抛在冒过水泡泡的钓点。

果真，没过十几分钟，浮漂点动几下后，稳稳地被拉到水下，我一扬竿，还真有几分力道。将鱼遛到水面上层时，我看清原来是尾金黄色尾巴的斤把重的鲤鱼。

鲤鱼吃的也是蚯蚓。我还是将下钩挂上素饵，把竿抛出。

快1点了，老梁提着一袋食品睡眼惺忪地过来。这时我已经有五六条渔获了。

"怎么样，饿了吧？吃点东西吧。"老梁坐到我身后的坡上，又问道："还是不咬钩吧？"

"比我预想的要好，没有剃光头。上了几条，鲫鲫鲤鲤都有，吉利呀！"我回答道。

老梁看到了渔护里的鱼，兴奋起来，不知从哪儿掏出个相机，给我拍起照来。

我又上了一尾三四两重的鲫鱼。老梁不断称道，漂亮、真白净呀。

我问老梁准备几点撤，老梁让我定。

"那就3点多吧，因为太阳转移过后，鱼可能就不好钓了。"

果然，我又钓上两尾后，下午两点半过后，对岸的山谷挡住了西斜的太阳，水面又是一片阴冷，除了小麦穗儿闹腾外，半个多小时一个正经吃口都没见到。

过了3点后，我盘点了一下战果，两尾鲤鱼、七尾鲫鱼。

我们收好东西，没有直接撤离。我开上车，拉着老梁沿着南侧山坡上的崎岖小路向较纵深的库区驶去。我想让老梁进一步领略一下二库的雄伟、博大。

4点多钟，湖库水面和峡谷上弥漫起茫茫水雾，山在水中走，人在画中游，影影绰绰水影峰形，呈现一派扑朔迷离的仙境。依依不舍地道个别吧！

汾河二库，是我今年到此垂钓的第一次，也是我和老梁相识二十多年来相伴垂钓的初行。

冰天雪地独斗寒

2009.11.14（周六）

一场大雪将树枝压得枝折干断

当柳叶还未完全枯黄凋落的时候，从周二到周四，连续三天三夜，铺天盖地的暴雪席卷而降。这场几十年不遇的暴雪，霎时间使我们的城市进入到了一个冰雪世界。屋檐挂着一排排长长的冰凌，地面覆盖着尺把厚的积雪，柳树被厚厚的雪压得枝折干断，甚至伏倒。极目远望，一派白雪皑皑。

我庆幸，上周日和老梁到底去了一趟汾河二库。不然，这场大雪封山，将会给我留下一个冬天的遗憾。

今儿是星期六。天气预报：太原地区晴转多云，气温1度至零下12度。早上，天上出来了金黄色的太阳，使人心情豁朗。我决定带上相机、竿子驾车去转一转。上周和老梁从汾河二库返回下山时，发现汾河河道有一段蓄水，曾有几人挥竿玩耍。

方向锁定：向西北崛崮山脚下挺进。路上，我驾着车拍了几张照片。城市里的道路，不少的人和机械仍在忙着除雪。快到呼延村前的路段，人车稀少，路面上的冰雪冻得又厚又硬。我上午9点多出的家门，不到二十公里的路程，差不多连走带挪腾的用了一个半小时才到达目的地。

停好车，先把自己着实地包裹好，然后抽出一支4.5米的竿子，选一支2#软尾漂，拿一轴1.0#淡水主线和几对儿2#袖钩，与小剪子等物件一同塞进羽绒服衣兜，最后再提上钓椅和水袋。深一脚浅一脚地踩着近一尺厚的积雪，举步维艰地挪腾着，直到脑门子上都折腾出了水珠子才踉跄地到了河边。我擦了擦汗后，向水面环顾，居然都结起了冰，冰面上覆盖着雪。看到靠东面的河道有一片薄些的冰面，我转了转，找到一根够粗够长的枯树干，过去捣开冰面，划拉出能施展垂钓的水面，然后摆好椅子，开始拴线调漂。

我料想到水冷，就提前在家开了一款以野战蓝鲫和自己配的钓鲫底料为主的饵料，又加了些南极虾粉收收水，使腥味更浓些，然后，包好揣在衣兜里。这会儿，我取出暖暖的饵料，掐块挂上钩抛竿找到底。

钓点水深有一米二三，漂子调3钓3。我今儿的目标：上一尾两尾小鲫，实在不成上条小麦穗儿也算是开开竿。

我穿的高腰鞋在趟雪时灌进去不少冰凉物，脚已经觉得冻僵了，脑门子也冰凉冰凉的。我稍停稍起地抽上几竿后，浮漂就开始有些动静了。当漂子微微向上顶起半目时，我扬竿中鱼，哈哈，一尾一两多重的小鲫上岸。

我把鱼放进水袋后赶紧再抛出竿，心想，今天有戏呀！

接了个电话，看了看时间，大约11点半多，鲜亮的阳光穿透了茫茫雾霭，洒在白雪覆盖着的原野和冰河水面，鱼好像活跃起来。隔上三五分钟到十几分钟，就钓上一尾一二两重的银白色的小鲫。

空旷的原野，雪雾蒙蒙，方圆数千米半天连个人影子也见不到。这会儿，即使吹来微微一丝小风，也让人感觉冷飕飕的。我不知道，还有多少像我如此这般的疯人独自一人闯到这冰天雪地中钓鱼。

我的两脚伸进雪窝窝里，时不时鼻涕眼泪就被冻得滴溜溜地往下掉。竿稍前拴着的那段大线被冻上了一颗颗冰滴儿，像一串白色的珍珠项链，我还不得不用手把它捋干净。

正当我被冻得视觉模糊时，漂子好像又动了一下。我揉了揉眼，仔细地盯着漂。果然，浮漂又下沉了一目、两目，我扬起竿子。嘿！还真有些分量。

不会吧？今天还真有这种事？当我把双飞上来的两尾鲫鱼提上岸时，还有点儿

不相信。管它呢，掏出相机先拍上两张照片再说。

下午1—3点期间，抓住口就是一条，而且大多是清一色的二三两的鲫鱼。

那段时间，脚冻得早就麻木了，手指头冻得酸痛发胀，连饵料都搓不到钩上了。

冷了，咱就站起身跺跺脚，跳一跳，把双手缩进袖口内，狂跑一阵后接着再钓。到下午4点多，钓获居然有七八十尾（当然不算小麦穗了）鲫鱼了，拎了拎水裟中的钓获，有个十来斤重。

寒冬雪地冰钓，今儿可"栽进"鱼窝窝里啦！

眺望远山，峰峦叠嶂，银装素裹。茫茫原野，杨柳白发银丝，松和冬青类乔灌木似顶着厚雪挺着绿。湛蓝的天，映衬着白雪茫茫的大地，托起这片翠绿的冰河。

今天，我独自在这寒冬雪地中冰钓，渔获意想不到，但更重要的是考验了自己的毅力、斗志和品格，感悟了钓鱼人超脱自然的境界。

垂之惟钓，垂不惟竟；钓而非钓，不钓而钓！

崛崮山脚下的汾河

双尾小鲫

钓椅旁的钓获

云竹湖半岛

2009.11.22（周日）

　　俯瞰巍峨连绵的太行山麓，在海拔上千米的山峦间镶嵌着一叶清波，当你走近时，你会被她无限的魅力所诱惑。这就是被群山怀抱着，上承万里苍穹，下载千古厚土，碧水荡漾，令无数钓鱼人神往的云竹湖。

　　云竹湖古称海金山湖。相传亿万年前这里曾是一片汪洋大海，一日，海底突起的金山，把这里咸涩的海水变成了润泽四方的甘霖。云竹湖水域上千公顷，烟波浩渺，水深处有十五六米，湖岸边缘蜿蜒曲折，湾汊回环、形态奇异多姿。云竹湖水质清澈醇美，雨水、雪水从四周的山上汇集到湖中。在云竹镇向阳村的西岭山脚下，有一座弯曲三折千余米长三四百米阔的半岛伸向湖中央，岛的东端相隔数百米宽的湖面，正对着突兀而起的海金山及比邻的东岭山。当地的人把这岛叫做半岛，老一辈子的人说这就是史书有记载的海金山湖的东屏岛。

　　这岛，就是大正拥有的垂钓的梦里他乡。

　　我和大正以垂钓结识二十余年，十年前我们就常在这半岛岸边垂小鲫搏大鲤。

　　前几年，大正向我说出他的一个梦想：他梦想拥有一处自己的水面可以随意垂钓，当年迈时也有一块垂钓的归宿地。这两年我们或出行垂钓，或专门前往考察，跑了不少的地方，恰逢今年春节后得知云竹镇向阳村欲对外承包东屏岛，几经招投标，大正成了她的主人。

　　今天一早，我和大正从太原开车再赴云竹。前半个月的连日暴雪，沿途的大河小湖都结起了冰，明天就进入到大雪节气，云竹湖也将开始结冰，那样待冰冻厚实前就有半个多月不能划船上岛了。我今天去云竹湖的目的，一是去挥一番竿，二是再看看大正在半岛上养的几只藏獒。

从今年2月里起，大正就在这岛上一百二三十亩的土地上开始繁忙地平整、修路、通电、盖房……挖了八千多个树坑儿，栽下了梨、桃、枣、杏、李、苹果、核桃、樱桃、草莓等十多个种类几十个优良品种的苗木，种上了各种时节的瓜菜。大正在岛的东部，租用大型机械挖了个垂钓的塘子，又买了几个养殖大网箱。4月底，大正还专门开车到青海藏民牧区买回一对雪獒和一只牛蹄铁包金獒。折腾了大半年的大正消瘦了三十多斤！

我记不清这是今年第几次到云竹湖了，十几次？二十几次？就算作是第N+1次吧。从2月20几号起，每次我和大正到云竹，大正或是和我一块先在湖边钓几竿鱼，或是忙乎完他的事就赶来和我一块接着垂钓。我今年在大正的岛边垂竿，着实地过了几次瘾，也剃过两次"光头"。从早春的鲫鱼到初夏的鲤鱼，在伏天中也有两回用湖虾连竿钓"花鲴儿"的辉煌。有一回，我和大正在岛边垂钓，我用一根3.6米的竿子在水草窝里钓鲫鱼，鱼漂被缓慢地拉下水面，我一扬竿，竿划起一道弧，线被绷直后却纹丝不动，我以为钩子挂在了水底的草根上了。当我试图再用劲往上拉时，水面哗啦地旋起了一大片水花，紧接着翻出了鲤鱼半米多长的一截儿身段，随之1.5#的大线"啪"地瞬间被拉断。啊！在我身旁的大正目睹了全过程，喊了一声，愣了会儿神，又惋惜地对我说，如果弄上来这条鱼，很可能将是我这辈子用手竿钓上来的最大的一条鱼。大正和我都认为这条鲤鱼是有十八九、二十斤重！我当时一下子惊呆了，心脏扑扑地跳动了好长时间，一种从未

冬季的半岛上

感觉过的刺激和亢奋！当然了，我也从没后悔过那条鱼绷断线跑掉，对我这个菜鸟级的钓手来说，想用1.5#的大线1#子线把它钓上来简直是天方夜谭。但从那以后，我每次在大正岛边垂钓时，我的线组都加粗了一号。

汽车快驶向云竹镇，再有三四公里就到了向阳村的云竹湖边。我让大正停了车，用随身携带的小相机拍几张云竹的雪山雾景——我们已经来到了这玉洁冰清的世界！

到了向阳村我们直奔老五家，老五和他的二哥以及两个儿子已在他那远近闻名的渔家乐门前迎着我们。

十年前，我们就是在那岛上结识了当年提篮向垂钓者卖茶叶蛋的农民朋友老五——村里人和许多钓友都叫着老五的乳名"旦儿"。现在他从"小四轮"、摩托车、小木船、机动铁船一步步发展成拥有摩托艇和汽车的水陆交通工具，新建了十多间的客房，集吃住行一体招揽四方钓友和观光旅游者，明年老五还准备投资几十万搞起水上游艇餐厅的项目。如今，老五已经成为当地最大的渔家乐的老板，他是我们非常要好的朋友，也是大正开发东屏岛的得力帮手。

把汽车在老五家的停车场放好，我从后备箱抽出两支竿和鱼饵，提上给岛上獒们带的骨头碎肉，和大正、老五、老五的哥哥、老二沿着通往湖边儿的田野小路，嘎吱吱地踩着积雪和冰碴到了船边。登上船时，天色迷茫，湖面泛起大雾，老二划着船，载着我们继续驶向湖对岸的半岛，划了一二百米远，浓雾突然间遮蔽了四周的山，吞噬了整个湖面。循着岛上传来的獒的叫声，谢天谢地，也就是老二才能把船划到岛旁。

我上岛后的第一件事就是提上一袋骨头，逐一喂了三只獒，然后搓着冻僵的手赶紧跑回屋子里，坐在炉前暖和一会儿，听着大正、老五、老二和守岛的老五的三姐夫老陈聊着今冬的计划，盘算着明年的打算。

10点多钟时，太阳终于从南面的雾里钻出来，我到大正放钓具的屋子里换上我垂钓时穿的鞋，我出竿架、马扎等，再拿上我的竿和鱼饵到了大正支网箱处的"栈桥"旁的钓位开始垂钓。我左面的岛湾岸上还盖着白雪，枯萎的草木挂满了雾霜，似乎又显出了生机。与岛端头隔水相望的海金山和东岭山上罩着的云雾渐渐淡了，湖面映出了海金山和东岭山的依稀倒影，我眼前似乎又出现了夏日在这个钓位

垂钓时令我所赞叹的海金山和东岭山上空的火烧云霞图。对面延绵起伏的山峦巅峰，被阳光镶上了金边，泛起的光辉又淡淡地洒向沟壑里的人家和向阳村那恬静山庄。

探钓雪山

　　鱼漂在水里竖立了好长时间都没有动静，我把钓具搬到了大正用毛竹搭的网箱"栈桥"上，背东朝西重新支起了竿。这儿的水比较深，我换上了5.4米的竿，挂上新鲜的血虫，把水线调到五米二三的位置才找到湖底。同样，鱼漂立在水中两个多小时还是纹丝不动，就连平常令人讨厌的"鳑皮"类的小杂鱼都不来光顾。

　　冬天的暖日让我们钓鱼人倍感亲切。没有一丝的风，湖面静如明镜，鱼漂前方的西岭山和与它右手相牵的禅山的背影倒置在湖边还泛有薄冰的水中。站起来舒展一下腰身，我向东屏岛北边叠峦起伏的群山眺望许久：西北侧挺拔耸立的山峰连绵起伏，山梁上和峭壁处的白雪消融或被风吹散了，露出黑魆魆的山的脊梁和筋骨，沟壑和山巅间仍覆盖着洁白厚实的雪，远远看去，像是从群峰中流淌下一道道的潺潺溪流和湍流急下的白色瀑布；又像是托着白色浪花的海洋，起伏跌宕奔流远去。

夏季火烧云霞图

　　吹来一丝风，湖面波光潋滟，落在半岛崖边野杏儿树上的喜鹊喳喳地叫着，它邀请四方钓友明年再来垂钓，大正的半岛将给云竹湖写出新的春晖秋韵！

野杏树枝头喜鹊

垂钓梦系千岛湖

2009.11.30（周一）

  从那翡翠绿的湖面上，蒸发出丝丝缕缕清纯的水汽，携带着在湖底整整沉睡了半载的人间气息，悠然升腾到蓝天的怀抱中，化作雾、化作云、化作钓鱼人的梦幻，笼罩着天空、岛屿、再凝结成晶莹剔透的水滴返还到垂钓的水面。

  雾的迷迷蒙蒙，迷迷蒙蒙的梦。

  那被净化了的奇鳞隐绰的山峰，飘然地向梦里的幽境伸去；那被风儿吹摆着的郁郁松杉丛林，从茂密的针叶间传出鸟语，弥漫出花香来；那涓涓溪流，忽而汇集成湍湍急涌——似乎有无数的桂、鳊、鳜、斑、鲢、鲤、草、鲫和"白花儿"与"红尾"鱼在天空中翔游……

  迷蒙的雾，梦的迷蒙。

  一艘划开湖面的艇，拖着长长的涟漪，将雾里梦中的我叩醒，把我的视线从水里的倒影中拉开。

  这就是弄疼我两只眼的水，那千岛湖勾我神魂的湖水！

  抬起头来，伫立船尾的甲板，我极目眺望了许久许久。

  当今冬的北国早已进入草木枯凋、白雪覆盖的季节时，那千岛湖却依然染满金秋的浓艳。

  登高纵览，那星罗棋布、远近疏密的群岛，在那袅袅腾起的淡蓝色云雾和碧玉般湖水的映衬下，流溢出诗的情、画的韵，更显得千娇百媚。

  那高耸的山巅，云遮雾绕，浑然一艘巨轮驰在天低水高的浩瀚洋间；那浮出湖面的一方岩土，也挺拔着绿树，像一叶扬帆的小舟泛在轻漾湖中。

  无论是高是低的"岛"，起伏的山巅，叠翠的峰峦，擎起她的是湖底记载着的

一千八百多年的历史和淳安百姓迁徙五十周年的磐石。

那无论是大是小的"岛",植被厚绿,在那葱郁松杉林间,一株枫树一株银杏树,点缀着一红一黄;在那墨绿的林海中,一簇枫树一簇银杏树,染起了一片火红一片金黄。

那开阔的湖面,碧波万顷,如大海般烟波浩渺;

那幽深的港汊,滴翠流霞,又似小溪般娟秀细美。

雾渐淡非淡、梦似醒非醒。千岛湖的神奇风光与雾,与云,与我垂钓的梦仍交融一体。

哦,任我们乘的艇驰骋向哪里,若不是去年从部队转业回来的同事——大校走到我身边,眼球还真是难以从这绿色如蓝的水面离开。

我的耳朵里只模糊留下导游介绍的只言片语:五百七十三平方公里的水面、一百七十八亿立方米的库容、一千零七十八座岛屿、国家一级水质的湖水、八十多种丰富的淡水鱼类。

我甚至不顾人家的兴趣,向大校喋喋不休、指指点点地讲着艇驰过的岛山湖边,哪一片是聚鱼的地方,哪一处是理想的钓位。呵,太多了,太多了!这千岛湖中,几乎每座岛屿的周边,都像是为钓鱼人专门设计的垂钓仙苑。

大校从艇上给我找来一把手工制作的"手拨轮"竹子钓竿,让我过一过垂钓的"干瘾"。我即刻陶醉了,依在船舷,似乎垂着水底迷蒙的游鱼,看见大校享用着烤"白花儿"鱼的贪婪吃相。

在千岛湖随处可选到绝佳钓位

静泊在千岛湖边的渔舟

醉迷"手拨轮"钓梦中

贪吃"白花儿"鱼的大校

  当同艇游览的朋友们兴致盎然地观岛赏景,从另一条小径通往下一处湖岛时,我让大校陪着我上了一只小船从水路去与大家汇合。登上船,我就向摇橹的船公不停地问着一个话题——在千岛湖的垂钓。热情的船公向我们介绍了千岛湖的鱼情渔汛和钓技,告诉我们,千岛湖可能有人不会玩牌打麻将,却找不出不会钓鱼的千岛人。船公还建议我们,有机会去一下淳安的宋庄村一带,那里有许多钓鱼人常去的渔家乐,每年从初春到秋末,在当地就连呀呀稚语的孩童和白发苍苍的婆婆都会拿起个竹竿到湖边钓鱼。

  偶尔间,几缕从满天厚薄云雾缝隙间漫射出的阳光,静悄悄地洒落到湖面,勾勒出一幅充满生机的画面:空中盘旋着的苍鹰、密林中跳跃的候鸟、岛边漫步的丝鹭……眼球又一次被刺痛,又一处凸入眼帘的连绵岛屿,湖湾里涂抹出蜿蜒的一江绿水,那居临岛湖间的一片翠竹林,飘逸出玉秀清香,湖边芦苇吐出白花,向我在招着手,噢,那徊湾处有一块儿绝佳的钓位——在"咔嚓"按下相机快门的同时,这卷画面也深深地印在我的脑中。

  天空对湖水的依恋,云雾对湖水的依恋,翔鱼对湖水的依恋,万物对湖水的依恋,钓鱼人对千岛湖湖水的万般依恋!

  淡淡的雾、甜甜的梦。

  那小小港湾里静静泊着我再来千岛湖专门垂钓的渔舟小船儿。

  仿佛是谁,用一根长长的丝线,在我的心脏上紧紧地扣了一个死结,线的那端就系在令我无限迷醉的千岛湖的水中。

  不垂千岛湖,枉为钓鱼人。我悄悄地向大校讲出我心中的梦想。

  那千岛湖一千零七十八座岛屿,牵着我的魂,系着我向往去垂钓的一千零七十八个梦!

我的向往·在那远处的海岛

2009.12.18（周一）

12月5日（周六）

波音737在湛蓝明净的高空中静静地翱翔，飞往宁波。机翼下方，白雪般的云朵连绵无际，在绚丽的阳光映射下，宛如滔滔大海。那高耸的云团、细绵的云丝，像海岛、海流……我微合有些倦困的双眼，似乎又回到勾我魂魄的千岛湖垂钓梦境，似乎又跳入舟山群岛海钓的画卷。

上周去德清县参加了一个会议，会上组织去千岛湖游览；这周又到浙江出差，利用周末，我们准备先去宁波舟山考察一下。

美丽的浙江！一个浩瀚的千岛湖泊已让我无法从梦中醒来，还需又一个传奇的舟山群岛给我垂钓的醉迷再添几分酩酊吗？

舟山群岛，是祖国海域中第一大群岛。我遐想中的那一千三百九十座岛屿，四面环海，风光旖旎，座座都是钓鱼人的天堂。最重要的是，她在东海怀抱，东海是我唯一没有去过的祖国的内海。

舟山群岛对我来说既熟悉又陌生。每当我拿到

去舟山群岛途中

订阅的垂钓杂志时，翻一翻，只要有舟山海钓的文章和图片，都要反复地翻看；在家里开通的《四海钓鱼》电视频道中，只要在播舟山海钓（哪怕是反复的重播）的节目时，我都要放下手里的任何事，先从心里去加入那里的垂钓……宁波海钓俱乐部一队、二队，上海海钓协会，北京海钓人，青岛、大连、河北等，数不清有多少虽然尚未谋面，却早已熟悉的海钓人的面孔留在我的脑中。

晚上，我们将住在宁波。

我们原先计划，明天一早去普陀山，后天早起从普陀山出发去杭州开始工作调研。但我建议，对原来的计划进行一下调整：增加了两个岛，压缩在普陀的时间。

不管我是出于什么目的，我的建议得到了同事们的欣然同意。

晚上在宁波市城隍庙小吃城的那顿晚餐，我吃得最多，吃得最香。

12月6日（周日）上午

早上6点30分，我们乘一辆面包车出发了。第一站是坐落在舟山本岛上拥有六百年历史的沈家门渔港。

我们的汽车在白峰码头开进通往舟山本岛的渡轮船舱。同事们在客舱吃早餐，我却急忙登上甲板，去看看这第一面的东海。

我有些疑惑。这哪里是海，码头这侧裸露出的岩石和泥滩，与对面起伏的岛屿形成一条狭长的水道，翻滚的水流中泛着黄澄澄的泥沙，这海湾更像我们家乡暴雨后的那条黄河。

这可能是海的涨潮？我问着自己。

下了轮渡后，我们的车穿过沈家门镇，到了那著名的渔港。

那古老的渔港确实喧闹。船舟云集，桅樯成林，大有千帆竞发之势。车停下，同事们即刻投入到拍照留影的热烈气氛中。

我伫立码头边，诧异了！

这就是我期盼的东海？

这就是我向往的舟山岛？

缓缓的水流中泛起的泥沙显得更黄，水面还漂着一些秽物与白沫向西流去。

二十里港湾和对面的鲁家峙、马峙两座很长的岛屿和其他叫不上名字的大小岛屿，好像将这海流汇成了长江。

不对，长江的水比这里的海水要蓝要绿，即使是家乡的黄河在平日里也要比这里的海水清澈。

海面狭窄，波澜不惊，上空没一只飞的鸥鸟。

我更感觉到，这里还少了许多我所熟悉的那海水腥咸的气息。

我几乎要质问，这真的是海吗？

虽然我已置身舟山本岛，但我对它知之甚少。

长江、钱塘江和甬江，这三条江流从舟山这带海域汇集入海，还有无数条河流溪水以及群山岛屿的雨水流入海中。

难道这就是除潮汐之外形成海流的原因？

是这里海风不够腥咸的理由？

这混沌的水中能否有我垂钓之鱼？

眼前，一列一列方阵式地排列着、停泊着成百上千艘的机动渔轮、古老帆船、游艇快艇、登礁小船和小舟舢板；高高矮矮的桅樯，密林般地竖立着，挂满了各种颜色的桅灯，大轮小舟穿梭其间。

海流在舟船方阵间缓缓穿过。

我试图在浑浊的海流中搜索出更多的信息。我反复叩问着自己：

那海水中泛起的黄沙和漂浮的白沫，是那些汇集入海的江流与百川带来沿途人间的尘袭和秽物？

早以前，这里的海水也是这样混沌？

我抬起头来思索。对面岛山上空的强烈阳光，扑朔迷离地洒在海面，泛起银灰色的鳞光；洒向云

港口船舟云集，桅樯成林

沈家门渔港

集的船舟桅帆,勾勒出让人遐想的画面。

突然间,我好像看到,六百年前,在这片古老的渔村里军民戍海卫国,刀光剑影的海烽狼烟,在这些名垂千古的御敌抗倭的海防水军营中飘扬的旗幡。

我突然间好像又听到,六百年前,从这片连绵的水寨中传出铿锵回荡的金鼓号令,在这岛屿间海面上先辈们惨烈抗倭的杀敌呐喊声。

我肃然了!

12月6日（周日）午饭后

12点多,就吃完了午饭。

面包车驶上横贯舟山本岛与朱家尖岛屿的海峡大桥。我们第二站是朱家尖岛屿的大青山景区。

被誉称为"碧海金沙"的朱家尖,是舟山群岛一千三百九十座岛屿中的第五大海岛。

我淡然欣赏那闻名遐迩的沙雕、沿途的南国风光、树木丛林。我揣测着,这座被誉为"国家海岛生态公园"的岛屿和海水到底又该怎么样?

汽车驶过普陀机场,我感觉淡灰色的天空泛出了蓝色,蓝天上飘浮着白云。

呈现眼前的海面也有些绿蓝。

景色愈来愈好看。

我们的汽车在大青山的一道山湾处停了下来。同事们又急忙摆着姿势选着美丽的海景留影。

虽然这里的空气很新鲜,海面也开阔了些,但还是被周围的山和不远的一座座平缓的岛包围着。这海,更像一汪偌大的湖泊。

海风微微拂着水面,轻波上穿梭着几艘大渔轮,泛着几叶小扁舟。对面的天空眩目,通过相机取景框,逆着光线,我从脚下狭长的海湾,摇向远处宽阔的海面、再一直伸向对面的岛屿和海天间的舟船,构图聚焦,眼球里清晰现出一幅银灰色的画面。

这画面,透着女性线条的柔美和素女窈窕的百媚,流淌着诗的句符。

同事们激情大发,兴致盎然。

继续沿着临海观景的山路慢慢行驶。

景色更加好看。

空旷的景区几乎没有其他的游人,一路上同事们的欢笑声,给尚待正式开放的大青山景区添上新鲜的人气。

大青山东部千步金沙滩,依偎在岛屿千米多阔的胸怀间,沙滩两端伸入海面的岛山与海面中连绵起伏的岛群,成弧线形,宛如两条舒展开的长长臂膀,拥抱着大海。

阳光撒向宽广平阔的沙滩,光和沙揉在一起,犹如一片金沙布地。

我的同事们像孩子般欢呼雀跃地冲向沙滩,嬉闹着,拍照着,陶醉着。恬淡小憩间,有的捧起细纯的柔沙,让沙像水一般从手指缝缓缓流出,搛起一幅美丽的沙瀑;有的跃然波涌,让卷来的雪白的浪花打湿鞋边,踩着柔软的细沙滩悠然漫步。

我沉浸着。在沙滩两端植被茂密却平缓的岛山和海面凸起的小岛中,想寻觅一处适于垂钓的陡峭些的礁岛和岩堆。

似乎有些徒然。

一切显得虽然和谐,但却平淡。

想要垂钓的鱼不会在平缓的沙滩附近游弋,也不会聚集在形不成激流的岛边。

这里只是男人女人休闲的乐园。

浅绿色的海水被轻风吹起漾波,顶着一排排白色的浪花有节奏地向沙滩涌来。

我又仔细地研究起这平波细涌。

在朱家尖岛屿合影

93

我原来以为，任何一处的海都有多样的个性。在这里的海，我却看不到张扬的一面。

人们在海滩边留下脚印和弃物。波涌静静卷来，将海水中已经淘洗干净的细沙悄悄留下，默默地把脚印轻轻地抹平。然后，波涌又卷走弄脏了的沙和留下的秽物，重新把洗净了的沙送回海滩，把秽物永远留在不见天日的海底让它腐烂。

海岛脚下临海的海蚀岩，就是这样被平淡的海水日复一日年复一年地刷洗得如此洁净。

我又想起沈家门的港湾漩着黄沙白沫污秽的海流。

大海，在淘洗着人世间！

渴望垂钓的心境平静了许多，少了遗憾，多了淡然。

什么时候开始起潮了？海面的波涌大了。

远处海面那一弧线形连绵起伏的小岛礁岩低了。

小岛礁岩离我们渐渐远了。

我想，落潮时分，它们定会重新高高竖立，再向我们走来。

12月6日（周日）下午3点多钟

面包车留在朱家尖。

乘快艇十几分钟就到了第三个岛屿——著名的"海天佛国"普陀山。

踏上这清净之地的岛屿，即刻感到心境淡定。

从普济寺沐浴身心离开，去敬拜心中神圣的观音。

拾级而上，途径紫竹林，登高放眼。黄昏降临时，夕阳沉浮在海平面上，染得莲花洋面金波鄰鄰，托起对面的洛伽山岛，那岛峰形似观音佛侧身卧床小憩。

迎着暮日余晖，沿着卵石铺出的曲径，金灿辉煌的观音佛像高耸眼前。

佛的光辉罩着我的凡身，我肃穆景仰着佛，双手合十，虔诚地承接着佛赐我的慈善、包容。佛含笑端详着我，我耳中聆听着佛教诲我的袅袅梵音。

拜毕观世音菩萨，顿感轻松。梵音涤净了我的凡心。

缺憾些的圆月橙黄，还明朗。

农历二十,还在大潮渔汛期。

我们夜宿的宾馆,离龙岗山上耸立的南海观音佛像不远。

12月7日(周一)早上

清晨,我和同事们到宾馆前的海滩去散散步,然后就准备乘通行车去普陀岛码头乘快艇离开。

天色有些阴蒙,开始还有些细细的雨丝。

上一次的潮水退后,袒露出数百米宽的胶泥质的海滩。远处一两个早起的人在拾海,来往的船只从对面岛前狭窄的海面穿来驶往。

我们将结束舟山之行。我默默注视着龙岗山顶上面南观海的观音铜像高大的背影,不免血脉贲张、心潮难平。

我极想再攀上龙岗山的高处,向东南的海洋楚目瞭望,哪怕能看一眼东极岛、白沙岛,能看一眼海钓人朦胧的影子。

……

天色虽还阴蒙,但空气却新鲜甜润,恬静的海滩仍诱惑着更多早起的游人。

女人在这微波鳞鳞的海的背影中,漫步在细柔的沙滩上,迎着轻漾的海风,姗姗向你走来。

海钓人在那汹涌澎湃的洋中,脚踏滔滔巨浪,居临远处陡峭的礁群搏击涛涌,浑然离你而去。

我真想离队留下,再去探探远处的海岛。

朱家尖岛屿的大青山海滩

寒风砭骨

2009.11.26（周六）

早上7点零5分，拉开房间的窗帘，宾馆外面还是一片昏黑，路灯摇曳着暗淡的冷光，路上不见行人踪影，偶尔一两辆晃荡着昏黄灯光的出租车驶来，又拖着尾灯暗红的散光消逝在阴暗中。隔着密闭的窗，那一夜都不曾歇息的寒风还在嘶鸣，风的幽灵似乎要穿透玻璃，令人猛然寒战。

从昨夜起，一股强降温的寒流突如其来地袭击了包括山西在内的十多个省份，中央气象台紧急发布寒潮橙色警报。而长治又是山西十一个市中降温幅度最大的城市之一：骤然降了7—8度，气温-18—-4度；风力异常之大，风力5—6级，最大风力可达8级。对垂钓而言，这肯定是很不理想的天气。

昨天下午在长治办完事后，为弥补一丝遗憾，我应邀与长治的王一起去感受一下漳泽水库冬钓。

王是我在长治的同行，钓技精湛，在长治地盘垂钓，肯定算做我的师傅。为了不使我失望，王不但陪我于昨天黄昏前去踩了点，还请他的师傅——长治钓界的知名高手与我们结伴同行。

我想，这鬼天气，"剃光头"是很正常的，但只要能在漳泽水库感受一回冰湖垂竿，也算为今年最后一钓画个句号。人们都说，漳泽水库是山西省的第三大水库，但除了汾河水库，我至现在还真的不知道哪个排在漳泽之前。

我们约好今早7点40分在宾馆一同吃早饭后出发。

凌晨4点多，我又一次被窗外那鬼哭狼嚎似的西北风呜呜的吼声吵醒。睡意全无，洗漱后，我把筏竿和纺线轮不知擦拭了多少遍，在房间里支起竿子，比比划划

地消磨着时间。挨到7点20分,我下楼退了房,就开始打电话催王。

王和他的朋友如期来到宾馆,相互介绍一番后,便一边吃早饭,一边拉开垂钓的话题。

王的朋友姓杨,在长治市钓界甚有些名气。杨身体微胖,言谈谦和,我们一见如故。杨看去有四十五六岁的样子,聊天间才知道,他已经快六十岁了。我为杨而自豪,钓鱼人心态好,青春永驻。

当我们出门快上车时,扑面而来的一股寒风把我身上的军大衣掀了起来。风像锋锐的刀子一样,穿透肌肤,刺骨寒冷,把脸上划得生疼。都8点了,天好像还亮不起来,天空有些阴霾,一片灰蒙蒙的,路边凋木寒枝在车灯照射下,一排排地向后投下一簇簇阴冷的缩影。很快,我们驱车上了漳泽湖东面的堤岸,向北面大坝方向驶去。沿途,杨和王向我介绍着一处处钓位和他们一次次垂钓的辉煌。外面是冰冷的世界,车内是热烈的气氛。

无际的湖面冻着坚硬厚实的冰层,浑然锁住湖心小岛,凝固住湖中的竹排和网箱。寒风扫着冰面上的积雪,灰色天空中的沙鸥迎风振翅。大坝东北角那里的湖面没被封冻,数百亩的湖面和上空,更多的鸥鸟、鹰隼、野鸭、鹏鹄、水鸟、丝鹭,以及许多叫不上名字的鸟禽或迎风飞舞、或俯冲水面、或嬉游寒水,或伫立在养鲢网箱竹架、竹排上,景象十分壮观。那里是漳泽电厂循环水的出水口,那里有一条长长的渠在向湖中排出略有余温的水流。王和杨讲,往日里,在那里垂钓、观鸟和爱好摄影的人群聚集,场面一派热闹。

漳泽水库冰封的黄昏

在漳泽水库出水渠

搏击严寒的沙鸥

钓获一尾鲤鱼

  一只换上严冬灰衣的翠鸟伫立渠堤，寒风吹动着顶上黑白色长长冠羽，盯视着渠中的游鱼。渠堤上空，数十只沙鸥忽远忽近地撩拨着灰冷的天空，一两只苍鹰顶着寒流展翅搏击苍凉。我的心也随之忽上忽下，无限感慨充盈在心底胸间。我们今天最早在渠堤上摆好垂钓战场。

  老天对我们还算公道，让我钓了几条白鲦，王钓上了第一尾对象鱼——罗非，而杨却出人意料地上了一尾一斤重的鲤鱼，加上我随手放生的小花鲢和小鲫鱼，我们的钓获虽不多，但品种还算丰富。

  天气酷冷，坐在渠堤上四周风袭，寒流裹身，鼻腔里似乎被凝固住了，挂饵时落在地上的铅坠几秒钟就会被结实地冻住。不身临其境，你怎么能真正感受到什么叫做彻骨严寒。

  环顾四野，天籁寂静，零下十几度、还刮着刺骨的西北风，除了无惧寒风的沙鸥类，只能见着我们这些凛然的垂钓痴人。谁能理解？

  脚冻得早已麻木了，站起身腿都迈不开了，手颤抖得连鱼饵也挂不住了。快中午1点时，风向逆转，变成了东南风，鱼不开口了。我们决定结束战斗，吃完饭后，我还要赶二百公里的路回太原。

  感受这次冬钓，真正意义上，不如说让我们感受了一次严冬寒风寒流的考验，感受了严寒对肌体的历练、对坚强的锤炼、对灵魂的锉刻、对意志的磨砺。

  我们离开时，灰冷的天空飘下一阵雪片，雪花贴到脸上，惬意的凉。

倾听冰声

2010.1.2（周六）

一提起出行冬钓，便首先又想到去云竹湖。

在寂寂的云竹冰湖垂钓，凿开坚硬厚实的冰面，斜倚钓椅，沐浴阳光，凝视冰洞清澈水中竖立的鱼漂，静听冰面的迸裂声，将会给你一种怎样的感觉？

真的，你如果今天和我们一同去云竹冰湖垂钓，你会亲耳听到令你胸间怦动、魂魄震撼、心弦激荡的冰的诉声。也许，你可以用文字描述那冰的一些异丽、晶莹、剔透，用相机写真那冰给人的一种遐想与幻境，但今天我听到那冰的天籁之声，你无论如何也无法准确地去形容。那声音似乎仍刻录在我的脑中，仿佛还萦绕在我的耳边。

哦，我的记性真的很差，我想起昨天我真的没告诉你。我和公社今天早上一同去了云竹湖，在玉屏岛畔的冰面垂钓。在岛上，我们与老五、老三和在岛上住着的老任都见了面，在岛上的小屋里，围着火炉，端着热茶，聊了会儿冬天的闲适，我将昨夜炖好的骨头喂饱岛上几条藏獒，然后才和公社去凿冰洞垂竿。

你可能会先问我，今天钓获怎样？其实，你不

半岛南侧的冰湖

钓起的小鳑皮鱼

要失望，虽然我和公社都只钓了些鳑皮鱼，但往日垂钓时，那些令人讨厌的闹窝的小鱼，今天钓起时还真让人增加些别样心情。

但，我还是想再向你讲讲今天听冰的心情。

今早，天朗气清。悠悠蓝天、渺渺白云，四野幽幽空旷。我们9点多到湖岸时，没有一丝丝风。如果再没有湖面冰层迸裂的声音，云竹湖畔还真的是一派幽静。驰目望去，湖面覆盖的雪洁白，风吹去雪透出的冰蓝绿，冰雪相映，像翻卷浪花的波涌——波涌静而不动，崖头的草木静而不动，在深深的湖底冬眠的鱼不再游动，我的心脏却不时怦然而动——我听到那时而响起的冰裂的声音。老三、老五都说，冰冻厚实了，才会有这种声音。然后，心境坦然，再去听冰——去感悟冰迸裂的声音吧。

我和公社放心大胆地踏上冰湖，在岛的周边"找"鱼，各自用冰镩先把那蓝如玉石的冰面凿开，再把那绿似琉璃的冰层穿透，随之，从七八寸厚的冰层下，咕噜噜地涌出幽蓝碧绿的湖水，涌起的水和冰面一样平。凿冰的过程，冰镩和冰撞击时，发出各种打击乐的声音，凿起那蓝那绿的碎冰，皆似玻璃般透明的水晶。我们边凿冰找鱼，边垂钓。

天气一点儿也不冷。阳光温柔地贴在脸上，像春天般暖融融的，舒适得会让你犯困。盯着被凿开的冰洞，那各种色彩组成的冰层，与那幽蓝深静的湖水和那蓝静水中竖立的浮漂，竖耳辨听着湖面发出的冰声，你真的会走进一种幻境去浮想联翩。你听：

从远处传来雄浑的迸冰声音，是四周群山胸膛中喷发而出的能量，令你胸襟开阔，一览蓝天白云；

从不远处涌起震颤的迸冰声音，是湖底万物心底里倾吐而出的情怀，使我灵魂升腾，回荡旷野上空；

从脚下泛过尖利的迸冰声音，是踏在冰湖上钓鱼人萧萧来去的脚步，有我有你，坚实的迈进，还有对未来的憧憬。

咚咚咚，嘭嘭嘭，嘶嘶嘶。那迸冰的声音，听了让人震撼，让人心颤，让人激情涌动。

冰是最纯净的水滴结晶。那水滴结晶是千万钓鱼人的心灵。

当你屏住气息,再去倾听,那远近迸裂冰的声音,让这寂静的云竹冰湖更寂静。

钓友公社在冰钓

幽蓝深静的冰洞

半岛"冬闲"的小船

和公社"掐"鱼

2010.1.9（周六）

　　我上午和公社去清徐县东木庄村，到玉良的鹅塘钓鱼。路上，公社对我说，我们好久没有在一起"掐"鱼了，今天想和我再比试一番，说定了我俩谁输了晚上回去谁掏钱请吃饭请洗澡。

　　我们上一次的"掐"鱼还是在前年仲夏，在大同县的册田水库，我们钓了两天一夜，我钓了有七八十斤，公社近三十斤。但那次不算是真正的"掐"鱼，因为按当时的赌约，公社过后再也没有提及。

　　看来，公社今天是要和我认真一番了。一到鹅塘，公社就急急忙忙把钓具搬到了冰面上。当我用冰镩连一个冰洞还没凿好时，这小子早就开好两个冰洞，坐在那儿下好了两支竿。

　　玉良的鹅塘里野生鱼很多，但水质太肥，从冰窟窿下面涌出的水都呈黄绿色。我用一支1.1米的冰钓竿子，和公社一样，在鱼钩上都挂着血虫做饵。我凿了四五个冰洞，连一个鱼口都没找见。干脆，坐在钓椅上恬憩，一边呼吸着城里享受不到的新鲜空气，一边听着那数百只大白鹅嘎嘎的叫声。塘堤上空，一群群麻雀在鹅舍和柳树的枝条间飞来我上午和公社去清徐县东木庄村，到玉良的鹅塘钓鱼。路上，公社对我说，我们好久没有在一起"掐"鱼了，今天想和我再比试一番，说定了我俩谁输了晚上回去谁掏钱请吃饭请洗澡。

　　我们上一次的"掐"鱼还是在前年仲夏，在大同县的册田水库，我们钓了两天一夜，我钓了有七八十斤，公社近三十斤。但那次不算是真正的"掐"鱼，因为按当时的赌约，公社过后再也没有提及。

　　看来，公社今天是要和我认真一番了。一到鹅塘，公社就急急忙忙把钓具搬到

了冰面上。当我用冰镩凿一个冰洞还没凿好时,这小子早就开好两个冰洞,坐在那儿下好了两支竿。

玉良的鹅塘里野生鱼很多,但水质太肥,从冰窟窿下面涌出的水都呈黄绿色。我用一支1.1米的冰钓竿子,和公社一样,在鱼钩上都挂着血虫做诱饵。我凿了四五个冰洞,但连一个鱼口都没见。干脆,坐在钓椅上恬憩,一边呼吸着城里享受不到的新鲜空气,一边听着那数百只大白鹅嘎嘎的叫声。塘堤上空,一群群麻雀在鹅舍和柳树的枝条间飞来飞去,唧唧喳喳地叫个不停;在枯黄的草地和残雪间,几只喜鹊也跳来跃去,寻找食物。一上午,我和公社把鹅塘凿出了十多个冰洞,但俩人都剃了"光头"。中午时,玉良过来,叫我们回村里去吃饭,保东、七宝和村里二牛等几个朋友都已经聚齐了。

桌上的凉菜已经上齐,一旁的窗台上摆放着四坛十年陈酿汾酒。保东知道我不喝酒,给我先倒了一杯开水。

"弟兄们好久没凑到一块了,今天可要喝个痛快!"玉良一边说着,一边打开一坛酒给每个人倒上少半玻璃杯。

公社盯着玉良往杯子里倒酒,诡异地瞧着我问:"哥,我今天可以少喝些吧?"

我看着公社贪婪的样子,故意嗔道:"那谁开车了?"

"哥,你就让我享受一回吧,小弟跟你十几年了,哪次不都听你的?"公社装作可怜兮兮地气求道,还没等我回答,公社就端起酒和玉良他们几个

玉良的鹅群

碰了杯，一仰脖就把小一两的酒灌了下去。

这下子，闸门打开了，随着酒下肚，公社的话越来越多，口气也越来越大了。

公社对第一次见面的我的几个朋友说，他有个哥，但不会钓鱼，让我从他的心里"撵"走了，我就是他的亲哥，他跟我一块钓了十几年鱼，我对他如何如何。接着就开始吹嘘他自己，在垂钓界如何如何地有名气，如何如何地善交朋友，如何如何地讲义气。说起喝酒，这小子更是没完没了地吹牛，一直喝到那张黝黑的脸上泛起了暗红。大家一直喝光了四坛汾酒。

快散席时，玉良提出，下午换个地方让我们再去钓钓，二牛却拿起手机联系他的一个朋友，说那里有人在钓鱼，开口还不错。我以为公社喝得差不多了，没想到这小子听到这话后，赶忙插话，那咱就去二牛的朋友那里去钓。

真拿这小子没办法。离开玉良他们村，我开上车，拉上二牛和公社直奔二牛的朋友那里。公社在车上嘴里不住地往外翻着酒气，继续对二牛吹着。我一直在疑惑，这小子到底是喝多了没有。

到了二牛朋友的渔场，有三个太原人在塘子冰面垂钓，问了下情况，是早上来的，每个人都有七八尾的收获。当我还在和二牛的朋友寒暄时，公社早已拿上东西跑到冰面上凿起了冰洞，一边凿冰，一边又开始像和老熟人似的朝三个垂钓的人打招呼。这回，这小子拿上了三支竿。

公社都支好了三支竿，我才开始背着风、背着他，用冰镩凿冰洞。冰真够硬的，震得我的手掌生疼。当我还没调好水线找到底时，公社就上了条鲫鱼。只听着这小子大呼小叫地嚷着："真漂亮呀！你们看啊，四五两的大鲫鱼，这才叫真正的鲫鱼。二牛，快给我哥拿过去，这条算他的，他没见过这么大的鲫鱼。"我没理他，但我能想象出这小子当时那副得意忘形的样子。

酒精催化了公社的语言神经，公社的话就像叽叽喳喳的麻雀似的说个不停。这阵子见二牛去车上休息去了，公社就开始向那三个太原人胡吹乱侃。不仅宣布和我开始正式"掐"鱼，还要向那三个人挑战。接着，喋喋不休地向人家开吹，他从哪一年学垂钓，参加了多少次市里省里和全国的竞技比赛，获过多少回辉煌的战绩。那老一套的自吹自擂，听得我的耳道里都起了茧子。

我还是背着风、背着公社专心地凿冰找鱼。我从两米多的水深，凿到离岸不远

的一米五六的水深处，连凿了五个冰洞都没有我见一个鱼口。这时，公社大概都已经上了有四五条鲫鱼了。见我还在凿冰，就冲我嚷道："哥，你连这都不懂，还来冰钓？"像是对我说，又像是说给那三个人听："冬天，鱼都到了深水，你在浅处哪能找到鱼，来我这儿吧，在这儿开个洞，我这儿是鱼道，你那儿水浅，肯定我不见鱼。"接着又絮絮叨叨地又像是给谁在讲课："鲤鱼、麦穗是拉黑漂，鲫鱼是顶漂……"

我坚持按自己的想法，在岸边拐弯浅处打开冰洞，这儿的水深一米五左右，下竿后很快就见到一个轻轻的鱼口，我提竿中了鱼，把一尾半斤左右的大板鲫顺从地拉出冰洞。冬天的鱼，口轻，力道也不大，当鱼漂微微上顶或下沉半目左右，提竿基本就中鱼，0.8#子线将六七两的鱼直接就可提出水面。不到一个小时，我已经连续上了十尾大板鲫了。公

公社的冰钓领地

冰钓的板鲫

社好像没注意我这儿的情况，酒精刺激的劲儿还没有过，还是一个劲地在对那三个人胡侃。当别人上了小麦穗或小鲤鱼时，他就开始讥笑，"快把小麦穗拿去喂小狗狗吧"，"快把鲤鱼儿子放生让它长长吧"。当他自己钓上一两的小鲫鱼时，就赶紧放到身旁的水桶中，对别人讲，"鲫鱼一年长一两，鲤鱼一年长一斤，所以鲫鱼一定要留下。"

我将一二两重的鲫鱼钓上后，随手就丢进冰洞放生了。当公社上了一尾大些的板鲫，向那三个人炫耀一番后，又冲我嚷着让我见识一下时，我的漂子点动了，我迟疑了一下，漂子又动了一下，提竿，冰层下闪过两道白光，我撑住劲，拉上来，果

然是两尾大板鲫，都在四两半斤以上。这回，公社看见我上的鱼，大呼小叫起来："不带这样钓的！一钓俩，赶快放掉一个。"

也不知那三个人确实要回，还是被公社咋咋呼呼闹腾得收起了竿子，不钓了。公社见他们一共钓了二十多尾的渔获，人家走时还又送给一句："哈哈，你们三人一早来，和我一个人钓的差不多，有机会再切磋吧。"

那三个人走后，公社的注意力完全集中到了我的身上。我不管他继续怎样叨叨，专心钓自己的鱼。就在这一个冰洞中，大板鲫聚集不散，一尾一尾连着竿上。公社见状，一会儿钓上一尾鱼，让我过去帮他拍张照片，一会儿，又告我在喝酒时，他的手机丢在玉良村里了，让我帮他找找。我告他，他钓上鱼时，还给别人打电话吹了一通牛，一定在身上装着。但公社坚持让我过去在他身上帮他找。没办法，我掏出我的手机拨通了他的电话，果然，在他的红色羽绒衣内响起了彩铃声——这小子借着酒劲一直在捣乱呵。

冰面上开始刮起了凛冽的寒风，时间不早了，我告公社收竿回家。二牛和他的朋友过来帮我们把鱼获提到岸边，他俩分别数了数我和公社的战果，我的水袋里大板鲫鱼三十五尾，公社连大带小十九尾。公社终于不吭气了。

回家的路上，我继续开着车，公社装作疲倦的样子，不再有话了。我想，这次"掐"鱼的结果，以后，他同样也不会去兑现的。

我和常，在冬季话别

2010.1.23（周六）

常要到南方的一个城市工作。前段时间终于办好了手续，这次是同老婆孩子回来搬家，再向朋友们辞行的。常前几天打电话，告诉我，临走前一定要和我专门坐坐，道个别。

今天，我们以钓鱼人的方式话别。我和常及常的儿子到清徐县水屯营村的一个塘冰钓。

凿冰洞

我与常相识在2001年的暮春，当年，我们就在这个村子边的一片汪汪苇塘垂钓，一起用手竿挑小鲫鱼。那次，经264医院的钓友陈主任介绍，我认识了常大夫和省城医卫界的其他几位钓友。我是从那次垂钓中，向常学会了台钓技术的。从那时起，我和常每年都要出行垂钓，渐渐成了非常要好的钓友，更成为非常知心的朋友。

比肩垂钓

相知九载，岁月如梭。如今，那片苇塘已经干涸，干涸的苇塘上建起了一幢幢楼房，还挖出了连片的鱼塘。当年跟在常屁股后、纠缠着我给绑钩拴线也要钓鱼的常的儿子，今年也该参加高考了。故地叙旧，与最要好的朋友要分手，话别时不免有些伤感。

出冰"芙蓉"

常近两年忙碌于各种事物，我们很少在一起垂

钓了，见面也不多。闲暇时，我们更多的是通过电话问候、聊聊天，但我们的情谊似乎总被那细细的丝线紧紧地系在一起。每次，我们间的聊天，总是要先从垂钓的话题谈起，谈健康，谈工作，谈人生，每次通话都觉得意犹未尽。

今天见到常，他和从前一样，衣着总是利利落落，钓具总是拾掇得有条不紊。常的性格沉稳，勤于思考，善于观察，而且垂钓境界很高，这是大家公认的。常总是把我当做老大哥善待的。今天，当我判断好钓点，常就抢着帮我先凿冰洞。我们朋友圈里，有人评价常热心肠，乐于助人；有人评价常讲义气，是性情中人。常在我心目中，始终保持着一种完美无缺的形象，外表谦和，刚柔并济，有思想，不张扬，知识渊博，为人大器。常对我说过一句话，给我留下极深的印象：如果任何时候都能战胜自己，那人生就没有过不去的坎坷！这句话，时常激励着我。

今天，我们一边在冰面垂钓，一边回忆着往事，一边谈论着以后。有时，长时间，俩人谁也没有一句话，默默地注视着冰洞里的浮漂，默默地钓着鱼。朋友将别，都感潸然。

常的儿子给我们拿来了午餐，和从前一样，我们把烧饼中夹上榨菜，抹些辣椒酱，就瓶水，边吃着，边继续钓着鱼。有时热烈地聊天，有时长久地无语。

今天分手时，我们不约而同地送给了对方礼物。我把我最心爱的一支3.6米的西玛诺渔竿送给常，常送我一支崭新的5.4米长的日本静流渔竿。我们目光相对片刻，俩人无语地笑了笑。

常让我牢记他最后嘱托我的话："珍爱身体，珍爱生命，只有珍爱自己，才能珍爱别人。"这话，他以前也常对我说起。

我心中怵然。我刻骨难忘我们在那些日子的那些事。

我终身会在心底刻上那些在关键时刻帮助我的朋友的名字。

分手后，我回头望一眼常渐远离去的背影，心中也为他默默地祝福。回家的路上，满怀思绪仿佛又回到我们垂钓的岸边。

一丝渔线，遥遥千里，将会永远系着我和常的情谊。

在大风中搏击

2010.3.20（周六）

　　一觉醒来，咆哮了一夜的沙尘暴，飞沙走石地刮得还没有完全停歇，狂风依然呼啸着，天空弥漫着昏黄的扬沙。老五家房上的瓦片在夜里都被狂风掀了起来，满院的碎砾和狼藉。老五的老婆说，十几年都没见过这来大的风咧！

　　住在外屋的榆次市的三个钓友，昨天钓了一天，收获了九条鲤鱼，情况还不错，准备今天大干一场。早起他们一看天，饭也没吃，毅然决然地打道回府了。

　　老五劝我们哥仨，吃了早饭也回吧。他说，这风刮得，云竹湖可能都让搅浑了底了，就是这风停了，太阳出来也要晒上三天，鱼才会开口。

　　阿男和赵醒来一看窗外，满脸沮丧，穿上衣裳，又钻进里屋土炕的被窝里，四只眼睛木然地盯着我来拿主意。

　　我心里也被折腾得乱糟糟的。上个周末出差没钓成鱼，昨天下班后又加了会儿班，连夜和这两个弟兄赶到云竹镇向阳村的老五家，不就是想来钓一番吗？

　　自去年冬天以来，气候就反常得很，像是专门

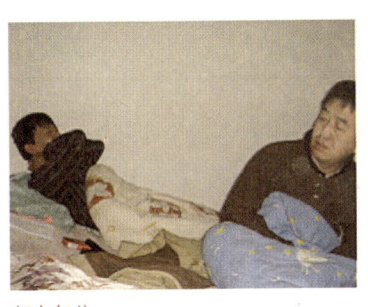

何去何从

和钓鱼人过不去似的,一到周末或节假日,不是大风大雪,忽雨忽雪,就是忽高忽低的气温变化。昨天来的时候,天还是朗朗的,谁知半夜里却刮起了这沙尘暴,最高气温一下由十七八度降到八九度,最低温度到了零下三度。早晨手机才接到最新的天气预报:我国北方地区遭遇了今春以来强度最强、影响范围最大的沙尘天气。中央气象台昨日18时发布沙尘暴黄色预警,阵风风力可达7—9级。

这天儿,去哪儿也是不行的。真令人懊恼!

管它呢,吃了饭再说吧。

在老五家吃了饭都快10点钟了。风还在刮,但浮尘小了些,天空隐约露出太阳朦胧的光环。我请老五的儿子三小领我们去村西头的湖岔观察钓位。来了一趟,连水库边也不去转转,那不更叫懊悔吗?

今年春天的脚步姗姗来迟,明天就是春分了,满山遍野和冬天还没什么两样,只是湖里的冰在十来天前才消融了,只有鸟雀的啼叫声才给这寂寥的旷野添了些春天的气息。

我们到了村西头,一下车,就被卷来的大风刮得浑身打颤,脸被风沙抽打得生疼。但我们还是顶着大风,向湖边踉踉跄跄地跋涉,经过一番顽强搏斗,终于攀临在湖边那片熟悉的山岩间。

在朔风中,岿然屹立,我忽感增添了刚毅,豁达了心境,登时沉浸在庄严肃穆中:当侧耳听着这山谷间大风贯耳的呼号,犹如让我听到那万马奔腾的蹄声,胸中气势轩昂;当楚目看着这排排涌来的浪涛,好似令我看见那千军霹雳的沙场,心底激扬壮烈。而依然在湖库上空和山谷间迎风振翅的苍鹰,还真给我燃起了搏一回的斗志!

我们哥仨抓紧回村,到老五家着实地装备了一下,每人都裹了件军大衣,我把老五大儿子的部队棉军帽也顺手戴上。再返回湖边,大家立刻进入选定的钓位。

大风还在刮。天空中的扬尘却渐渐远去了,蓝天中风起云扬,对岸山梁树木清晰可见。空旷的山野湖泊,我们临风山岩,在大风中搏击垂钓,不正是三个无畏的战士吗?

赵说,这大风,抛抛竿就足以证明我们的勇敢。

阿男讲,这大风,剃"光头"也不败兴。

风大时，根本无法抛竿；浪大时，抛下竿时也看不清漂相。

然而，这大风却使勇者更勇敢，强者更坚强！

这大风，真的将好运留给了我们三个痴迷而无谓的斗士！

当我激动地刚将今春在云竹湖开竿的野生大鲤鱼放入渔护中时，赵过来告我，他和阿男也都开了竿了。

过了一阵，阿男也过来向我炫耀，他上了第二尾鲤鱼了。

我上第二尾鲤鱼时，赵抓拍了本老翁遛鱼的"倩影"。看这张早在大风中冻成酱红色的老脸和手，与那身戎装倒也相映生辉。

这大风，使老翁也有些铁骨铮铮之豪迈！

云起风扬，天空向湖面不时投下一片阴影。阴影荡过后，心情也更加疏朗，手紧握着被风刮得弯曲的竿子，眼仔细辨别着起伏在波涌中浮漂的异常信号。

中午1点多，我钓上了第三尾二斤多的鲤鱼。

风小了些，阳光也强烈了，开始上鲫鱼了。上二三两的鲫鱼虽不如遛二三斤的鲤鱼有劲，但这银白色的开湖鲫鱼倒也是肥硕。

下午3点半，小"鳑皮"开始闹窝了，我决定收竿。不到五个小时的鏖战，我在这大风中搏击的渔获（三鲤、十鲫和一些鳑皮）倒也是意想不到的。

寂寥的云竹湖库，大风起兮云飞扬。哥仨都十分自豪：今儿个我们在上千公顷的云竹湖钓了次专场。

向阳村西头的湖岔

垂伦滔水

挺竿遛鱼

今年春天的脚步似乎姗姗来迟，裹着大风，沿着山麓回村，脚下枯草丛中，我不经意间看到了最早吐绿的蒿苗。

在大风中搏击，搏击着意志，搏击着信念，搏击着自我。

大风远去了，树梢间尖锐的风哨声似乎还在耳畔响着，春天却早已先走近我们的身边。

冻成酱红色的老脸和手

渔护中的钓获

初探张峰水库

2010.5.1（周六）

张峰水库位于山西省晋城市沁水县张峰村，是黄河流域沁河干流上第一座大型水利枢纽工程，控制流域面积四千九百九十平方公里，库容三点九四亿立方米，2005年被列为国家重点建设项目，2007年建成，为省内第四大、水质最好的水库之一。

早上6点，我和老梁、老李及小申从晋城市驱车出发，行驶了一个多小时后，进入了中条山和太岳山脉交错的大山怀抱。途中，蜿蜒的沁河不时出现在眼前，河流两岸景色秀丽，风光绮旎。从车窗向外望去，盘山公路弯弯曲曲，群山连绵，梯田染绿，树木泛青，涓涓流淌的沁河像一条绿色的丝带飘荡在山峦间。我一边驾车，一边听老李讲述着沁河悠悠历史和张峰水库建设的辉煌：沁河发源于太岳山脉深处，是山西省境内的第二大河流。千百年来，这条清水河川流不息，惠泽着这片土地的世代百姓。她从沁源县二郎神沟款款而来，踏着轻盈的脚步，吟着柔婉的歌声，向南流经安泽、沁水、阳城三个县和晋城市郊区，在山西境内一路奔流三百六十公里后，穿过太行山，流入河南省济源、沁阳县，在武陟县汇入黄河。几年前，就在这条河

蜿蜒的沁河

张峰水库大坝端

寻找钓位

上游段的张峰村,一座大坝横贯在这条河流的山谷间,截流建成了一个辽阔的湖泊——张峰水库。

直到昨天,老李在电话里还一再盛情邀请我"五一"放假到张峰水库,让我至少可以填补一下到这个新建大水库垂钓的空白。之前,老李还专门向经常到张峰水库垂钓的晋城市钓友打问过,这季节可主攻野生鲫鱼,运气好的话,也可以碰到一两斤重的鲤鱼。

我开着车,脑子里不停地猜测着这到底是怎样的一个水库。沿着盘山路越攀越高,视野越来越开阔,远处山梁的麦田已经吐穗,杏花白、桃花红,各色野花竞相绽开,衬着原野山庄一派水墨画般的春色。途径沁水县张峰村,转过一个大弯,隐藏在大山深处的一座高七十二点二米、长六百二十七米的宏伟大坝横贯沁河,突现在眼前。

汽车驶上张峰水库大坝区,和煦的微风,夹着鸟语花香的甜润气息扑面而来。举目眺望:蔚蓝的天空,白云悠悠,湛蓝的湖水,波光潋滟,山峦起伏,隐约错落,群山环抱的湖泊景色一览无余。我们在当地朋友的引导下,直接沿着库区崎岖陡峭的土路驱车驶向人们常去垂钓的地方。

已是早上8点钟了,我们终于到了一条几百米长的沟岔。停放好车,我便在山坡上仔细观察着周围的环境和钓位。

比较理想的位置已经被早到的三四十位钓友占据了,一些地形好些的地方却无法摆放钓箱,而一处拐弯的凸头处却没人垂钓。这样好的位置,怎么没人占?我心里迟疑着,但还是提上钓箱到了那个凸头处。

摆放好钓箱后,我准备先开饵,按老李介绍和周围朋友的钓况,我配好了主攻鲫鱼的饵料,兑水前,我略加思考,又加了些诱惑鲤鱼的豆饼渣和泡好的酒米。

闷好饵料,我取出一支4.5米的稍软些的竿子,配上1.5#主线、1#子线、3#伊豆钩的钓组开始调漂。钓位两侧水底长着酸枣刺类荆棘,几米开外的湖水清澈见底,我将水线调至四米多了才找到底,但却挂了两次钩。难怪人们都不选这个钓位,况且这里的水也太深呀。我一边想着,一边挂上饵又抛出了竿子。当浮漂缓缓落下还没竖起时,出现一个截口拉漂时,我一抖竿儿,将一尾漂亮的红尾马口挑了上来。

心境淡泊

钓获的野生大鲤鱼

与老梁在张峰水库留影

可爱的雅罗鱼

老梁帮我把渔护支好，笑呵呵地说着，不管怎么说，一来就开竿了。

我点燃一支烟后，松弛一下心情，悠然欣赏着清澄碧绿的水面、幽雅的库野环境，在双钩撮上两团儿大点的饵料，准备多抽几竿子，诱诱鱼。当鱼饵落底后，露出的漂子轻轻地下沉了一目又缓缓地向上送漂时，我下意识地扬起了竿，水底略动一下，水线立即传来一股有力的拉扯后马上绷直了，弯曲的鱼竿却一动不动。是大鱼，打桩了！我马上意识到。

一旁的老梁见状忙问："怎么，又挂底了？"

我用力绷着竿说："不，是大鱼，赶快帮我把抄网支好！"

难道还有这等运气，一来就有大鱼口？我心中窃喜。

绷住竿与鱼僵持了几秒钟后，鱼终于窜动起来，我感觉水底的大物总有四斤以上，力道很强。不敢懈怠，迅速地思考着遛鱼策略。

我一边向挂着相机的老梁要过抄网，对他说，抢几张鱼遛的照片吧，一边沉着地遛起鱼来。这时身后已经围过一群人，大家七嘴八舌地在看我和大鱼搏斗！毕竟还是担心线组有些小呀。当鱼翻出水面的第一个回合时，湖面旋起一团金光，令身旁的人们一阵哗然。这当子，大鱼迅速被我借力拉到岸旁，还没等大鱼反应过来再作冲刺时，我就势用抄网猛然抄住了鱼，将其拖上岸来。我自己都感到当时所有的动作一气呵成，干净利落！

前后不到五分钟。

一尾通身黄灿灿的野生大鲤鱼（回来后，在天河渔具店过秤，五斤八两重）被擒获了。

此后，我旁边先后挤来了四个钓友，他们一直不停地挂底拽线，折腾到下午。期间，我也先后挂底断了三副大线和钩子。我想，这样折腾法，大鱼肯定是不会再来了。

阳光直射在湖面时，碧绿的湖水变得湛蓝，小风漾起的轻波将心情吹得无比爽朗。我当时心底十分感激老李坚持要我来张峰水库填补了这次空白。

之后，我钓起了七八尾二三两重的鲫鱼。午饭后，起了点风，当浮漂被稳稳地拉下去时，我钓上一尾一拃多长、三四两重的红鳍红尾细鳞的鱼来，我迟疑地说，这里的草鱼苗真漂亮呀，放生吧！旁边的鱼友说，这不是草鱼，是一种野生鱼，叫什么他们也说不清。

我仔细地又辨认一番，是的，除了橘红的鳍尾外，头显然也很特殊，不管怎样，还是收入鱼护中。此后，又钓上四五尾这种鱼。带回太原后，我把照片发给一位养鱼的专家辨认，原来这是一种野生的小体形的稀有鱼种——雅罗鱼属（WEUCISCUS CUVIER）。

呵呵，可爱的雅罗鱼！

下午4点多，我和老梁商量，收竿，准备赶到长治，明天再到彰泽水库去会会钓友。

告别张峰水库，再次回眸深情望去，山峰融于云中，湖水隐入山中，湖水中的山峰白云的倒影若隐若现，山水天色浑然一体。我疑惑地望了很久：这是人间，这是仙境？

驱车走出大山，沁河离我们远去了，她的归宿是黄河的激流。人们是否依稀可以辨得，当年她曾载着历史岁月壮阔奔腾的印痕；人们是否依然能够听到，如今她从张峰水库胸间涓涓淌过的脉搏声？

啊，沁河上的张峰水库，给我留下的初次印象！

暖泉沟空军之行

2010.5.8（周六）

暖泉沟半岛

心如止水

2007年在暖泉沟的钓获

　　准备去暖泉沟钓鱼，一夜辗转难眠。说好凌晨5点出发，4点醒来就开始折腾小黄，又早早打电话把老梁也叫起来了。

　　途中，满脑子里都想着那勾了我一夜魂的暖泉沟，琢磨着在什么地方选钓位，主攻什么对象鱼如何配鱼饵。

　　暖泉沟水清鱼美，环境幽雅。生长着鲤、鲫、草、鲂等野生鱼类，深受钓鱼人青睐，也是我最钟爱的湖库之一。

　　近几年，我几乎每年要光顾暖泉沟，尽情在她那大自然的美好风光之中挥竿垂鱼，在那里，我曾有过渔护爆满的赫赫钓绩！

　　暖泉沟在我心目中的垂钓地图上，像一朵闪烁亮丽的奇葩，勾勒出我垂钓梦想的仙苑。

　　在海拔一千九百五十多米的管涔山脉间，暖泉沟水库宛如一条玉带缠缠绵绵，依蜿蜒山谷蓄水成湖，水域面积达千亩以上。暖泉沟水库湖泊两侧峰峦叠翠，树繁草密，湖水澄清碧绿，湖光山色相映成趣，既有北国草原风光之壮美，又具江南水乡之风韵。她与我国三大天池之一的宁武县管涔天池毗

邻,相距仅一公里之遥,被誉为天池的姐妹湖。

早6点40分,忻州钓友老要介绍的一个朋友在进山口如期而至。当我们的汽车驶入暖泉沟山口时,我即刻迷茫了——湖底袒露出荆棘枝杈,退水了?

是的,水位已经退了两米多,还在继续退,开闸放水,主要是为加固大坝和修建码头施工,水库的人对我们讲。

满库没有人垂钓,我感到心里有些凉。

与老要的朋友告辞后,我还是想找地方试试竿。

小黄开车拉着我和老梁沿一侧山梁巡视着,我寻找钓位,他们也算游览风光。

终于找到一个小沟岔,我跑下去侦察了一番,让小黄将车停在一处草坪上,小黄在车里又回到梦乡,老梁帮我把钓具提到湖边。

在小沟岔的弯头,五六米开外的水下露出枝杈枯草,正好有一片理想的钓点。我拎着钓箱就要到弯头处摆放钓箱,谁知一脚踩下,整个一条小腿都陷进泥里了,我挣扎着把腿拔出,又把鞋从泥里拽出来,老梁在一旁乐不可支。一来就如此狼狈一番,我忽略了:这是退水后露出的弯头呀。

今天天气还算晴朗,但水还是很凉,湖面吹来的风冷飕飕的,脚底冰凉。我程序化地开饵、调漂、扬竿,开始悠然享受这美好的垂钓时光。老梁则在我身旁用相机拍几张湖库风光,听着丛中翠鸟啼鸣,看着湖中的鸭鸟戏水,倒也有几分乐趣。

湖水清澈,微波鳞鳞,偶尔,水中可见一两尾翔鱼,但浮漂却纹丝不动。近两个小时,换了几次钓点,都没有任何信号。今天肯定是要当空军的。

水库的管理人员过来说,这里海拔高、水冷、鱼开口晚,前些天山上的雪还没消融。

我想,水位正在下降,鱼受惊恐可能是不开口的重要原因。

我还想起,昨天查询的天气预报,这里的气压只有850多帕。气压太低,可能是这里鱼不开口的另一个重要原因。

收竿返回的路上,我对老梁和小黄讲,不管怎么说,总算来了趟暖泉沟了,置身其间,凝聚自然之精华,占尽天下之风光,享受了大自然了,也算此行收获吧。更重要的是,不来这一趟,心里总是闹腾得不得安宁。这下,心里踏实了,等以后天暖和,水位稳定了再来吧。

狂拉疯钓义望湖

2010.5.15（周六）

约好早上5：30出发，提前十来分钟人就到齐了。阿男开上他的面包车，拉着我、老梁、小赵和媳妇小莉，上了高速路，大家一边吹着牛，一边吃着带的早点，兴致勃勃地向交城驶去。

老梁仍扮演着随行摄影记者的角色，和大家一块儿出来，主要是为了观风赏景，享受自然，有时也能帮着搬些东西拿个抄网提个鱼的，反正大家一块儿出来有吃有喝的，精神起来，俨然一副裁判员和评论家的架势，品头论足一番，冷了或累了，就躲进车里睡呗。

小赵说，小莉很喜欢大自然，早些年就和他一块儿钓鱼了。看来这是一对志趣相投的小夫妻。

我的老婆孩子都非常支持我钓鱼，因为垂钓是一项非常有益身心健康的运动。只是阿男没有这么幸运，有时出去玩的时间太长误了家事，老婆就会阴沉下脸来。

五十多公里的路，很快就到了。下了高速，我们与交城县的东涛见了面，到了县城东面义望村的水库边。东涛中午家里的亲戚办喜事，安排好我

们，大家力劝热情的东涛赶快回去忙去，这样，我们也可以静心钓鱼了。

这是前几年建造的湿地水库——一大一小的母子湖，大的有一千多亩的水面，小的也有六百多亩，水深处有七八米，四周用石头砌成库坝。这一水库的建成给当地的生态环境改善和农田灌溉起到了积极的作用。

昨天，我在网上查询到，今天的天气是多云，北风转东北风3—4级，温度12—25度，应当是个很舒服的钓鱼天气。我们的钓位选在小库的西岸。阿男、小赵和小莉一字排开在我的南侧，大家兴致勃勃地准备战斗。

开好渔饵，我选了支4.5米的竿子，13目硬尾巴尔沙木浮漂，拴上2#大线1.5#子线5#伊豆钩。听说，水库里的鱼的密度还可以，鲤鱼多在一到三斤，鲫鱼大的有六七两的。在湖边清澈的水中，我看见有很多小白鲦和野生小杂鱼，于是我将漂调平水钓3目，想尽量过滤些小鱼的信号。挂上饵，我将水线调到两米二三我见了水底。

阿男挂上颗粒饵找底，一下竿就遇上截口，首开纪录，钓起一尾一斤多的漂亮野生鲤鱼。只见他立即眉飞色舞，打开手机向他家"领导"报告战果，大家的喜悦也油然而生。

湖光眩目。我戴上墨镜，挂饵抽竿，做窝诱鱼，连抽了三十多竿都没有动静。老梁在我身旁待了半个多小时，见不上鱼，便悄悄溜到车上去睡了。

小赵两口子从我这儿领取了我开的饵，在阿男旁边支好了竿。下竿后，小赵就开始不停地挂底、换钩、挪钓位。此后，阿男的线组也和他俩的一块儿搅和起来，折腾得不亦乐乎。

近一个小时，谁也没有上鱼，阿男拿着竿子开始游钓，我这里还是一口没有，但我仍固守打钓点。阿男嘴里嘟囔着，甚至怀疑起我开的鱼饵不对路！

快9点了，鱼早该开饭了。我心里一边想着，一边坚持抽竿诱鱼。足抽了五十竿，窝里终于有了动静，微波荡漾的水面竖立的鱼漂缓缓送起了两目，我一扬竿，正纳闷着是否是鲫鱼口时，水底的鱼将渔线拽得吱吱作响，原来是一尾一斤半以上的金尾鲤鱼。这下我心里踏实了。

此后，我的钓点鱼被诱来了，聚住了，忙得我一发不可收拾！鱼口紧了就拉饵，鱼口稀了就搓大饵。

虽然，鱼口很轻，漂相动作很小，但只要抓住就是一尾。小鱼随手放生，入护的都是一斤以上的鲤鱼和二三两以上的鲫鱼。我把远处的小赵也叫到我的附近凑个热闹。

我确实老了，体力不支了，连了五六竿，胳膊就酸困得举不起竿来，于是不得不同意小莉帮我抄鱼。当时真的有所感叹，钓鱼有时也是力气活呀。

不久，小赵在我旁边也开了竿，连上了两尾大鲫鱼。我不好意思让小莉帮我继续抄鱼，让她把老梁叫过来。

在义旺湖西坝

我又上了两尾鱼后，估计已有十多尾入了护，累得胳膊酸困，不得不歇歇竿，休息一会儿。而阿男当时入账的可能只有两三尾。

老梁睡眼惺忪地来到我旁边，悄悄对我说，小莉他们说了，以后再也不跟我一块儿出来了，太气人了，鱼就是咬我的钩。

手忙脚乱

我有意识地放慢了节奏，松弛一下。其间，小莉也开了竿，钓上一尾金黄色的鲤鱼，脸上的笑容也绽放开了！

这时，东涛和司机送来些水和食品，离开时，我让他们从我的护里拿走了三条鲤鱼后，又钓了几竿，就开始动员大家吃东西，休息一下。

我们中午在水库管理员的办公室里，和一个管理员一块吃着东西，聊着天。阿男匆匆过来吃了点东西，就又回到岸边赶进度去了。我调侃他是怕落在小莉后面，以后没法混了吧。

展示金黄色野鲤

休息了一个多小时后，我和小赵两口子也重新回到了岸边，一问，阿男这一阵子一条也没上。

  我坐在钓箱上，在鱼钩上拉上饵，漫不经心地抛出了竿，谁想，口还续着。又是清晰的一口，近两斤重的金黄尾的鲤姐姐被拖出了水面，紧接着，上了几尾四五两到七八两的银白色的大板鲫。阿男他们三位故意嗔怒，惊呼大叫地："天哪，太不公平了！"

  小赵下竿半天，没有动静，过来帮我抄上了七八尾鱼，我俩扬竿、遛鱼、抄鱼、入护配合得非常默契。我感谢地对小赵说，他抄鱼的技术愈来愈精湛了。一旁的小莉听到后，嗔怒道，不带这样表扬人的！

  哈哈，一不经意，我扬竿回鱼时，水下一个猛然的力道，把竿子拉成大弓形，连鱼的影子都没看到，就把1.5#的子线切断了。我感觉，是不是遇上大鲢鱼了。之后，我拴上失手绳，又遇上了大物，这回，不幸的是，当我抛出竿拽着失手绳想搏斗一番时，大线捆绑8字环的连接处被拉开了！气恼之下，我换上了3#大线、2#子线、7#钩子，专门想博一番大鱼。

  反而，大家伙不来了，上的还是一到三斤的鲤子和四两半斤的鲫鱼，而且仍然是频繁连竿。那三位还是不停地叫喊着，抗议着。我有什么办法呢？

  只好，再歇上一会儿。

  水库管理员来了，老梁也睡醒了，我们在岸上喝着水、抽着烟、聊着大天，又休息了近一个小时。这阵子，阿男他们除了小白鲦子、小麦穗一条正经鱼也没上来。

  环顾着轻波漾漾的湖面，老梁赞叹说，这里水好，鱼就是漂亮！

  水库的几个管理员却很遗憾地告给我们，看护水库以来，他们连条活鱼还没吃过呢！

  这还不好办么，我心里想，又回到钓位，不到十分钟就连竿上了三条一二斤重的黄尾鲤鱼，让水库管理员拿回去了。

  咳，我也没办法，只要一打到钓点，就有口。我上了鱼后，还得向阿男他们表示歉意：我不是故意的。

  到了下午3点半，我收了竿，不能再钓了，估计护里的鱼将水袋也要撑"爆"了。4点多，小赵遛了好一阵子，终于擒获了唯一的一尾鲤鱼，大家都收了竿。

  老梁大概统计了一下战况：小赵四尾鲫鱼、一尾鲤鱼；小莉两尾鲤鱼；阿男鲫

鲤共十多尾；我钓了十多尾鲫鱼、四十多尾鲤鱼。

老梁说，包括送人的六条鲤鱼，我钓了最少有五六十斤鱼。

其实大家都很开心。阿男的开竿鱼，小赵的收竿鱼。

最后，还是多亏老梁帮我一道把鱼提到了路旁。

显摆一下所获大鲫

他们庇护中渔获

我的水袋中部分渔获

迎春湖映记

2010.5.23（周日）

  同行来的大李和小李感到昨天太疲惫，渴望睡个懒觉。今早上，占钓位的任务就落在了我和沁县的小卫身上。

  凌晨4点起床后，我和小卫乘夜色出发。天亮前，我俩就到了湖边。黎明前，静悄悄，朦胧中，我们依稀看到湖里几点闪烁的夜光漂和夜钓支帐的影子。渐渐地，一阵阵汽车和摩托车的马达声开始打破了四野的宁静，越来越多的钓友也陆续早早赶来了。

  天色渐亮，在昨天半岛钓位的东岸，我和小卫占好了钓位，我坐在钓箱上，抛出竿，凝视着对面的小岛和长长的那个半岛朦胧的轮廓和水中隐约的倒影，回味着迎春湖昨天在我脑里的印象：

  尽管对被誉之为北方水城的沁县早已耳濡目染，昨早，和我一早从太原同行的同事小李和大李，第一眼看到迎春湖时，还是令我们十分赞叹：那原始淳朴的自然景色，那细美镌刻的玲珑沟壑，那剔透纯清的曲曲湖水，让我们十分疑惑——莫不是到了江南的水乡？

  我们在湖边见到正在垂钓的小卫的爸爸老卫——沁县钓协的秘书长。他向我们介绍：沁县有大小十一个水库，迎春湖排在第七位。这些水库的水源都在当地，多为地下泉水和山涧溪流，没有任何污染。闲谈间，能看出来老卫对这里的情感。老卫回忆着说，迎春湖库坝建于1957年，当时他上小学时还参加过水库建设的义务劳动。说着，老卫站起身来，指着远处绵延起伏的群山对我说，那就是俯牛山，迎春湖水就从那群山间的溪水源源而来，拦坝成库的。

  我举目眺望，似乎看到，从那太岳山脉黛绿的山峰间，流淌出翠绿的涓涓细

流,穿过黄色土地的胸膛,流经途中,染绿拔翠,润泽着这方百姓——最后汇集在这迎春湖中。

在这里垂钓每天收费十元,来的人很多,有来自太原、长治、榆次、沁源等地及当地许多钓友,有些钓友已经连续作战了数日。

昨天的垂钓中,我钓了一百多条大白鲦子,五尾二三两的野生鲫鱼,一尾三斤多的胖头鱼。跑了两竿,没见到什么样的大鱼,反正鲤鱼一尾也没钓上。

有位当地钓友昨天下午过来向老卫打着招呼,说,湖心小岛那侧人们鱼上得很好,每个人都上了不少鲤鱼,他早上钓了一个小时就上了两条大的,让我们转移钓位。

迎春湖钓友重阵

那人走后,老卫对我们说,别信他的话。他曾经对我说过,他上次跑了一条五斤二两半的大鱼。你们能信这话吗?鱼没弄上来,在水里跑了,好像称过似的,五斤二两还半呢!

老卫的风趣,让我们笑得很开心。

小李端着相机拍照着景色,欣赏着蓝天白云青山绿水。

撑竿邂胖头(花鲢)鱼

大李说,在这环境中,钓不上鱼也养眼。

……

今天一早,我们再到迎春湖,我的主要目的是再加深一下对迎春湖的印象,当然啦,上尾野生鲤鱼,填补一下空白就更完美了。

身后的天际开始吐出淡淡的朝晖,最早醒来的鸟雀,在林里和草丛间唧唧啾啾地、清脆地叫着,欢跃地迎接着黎明。几只大雁,引长着脖颈,整齐

地划着翅膀,列着人字形的队伍,从湖面上空飞过。布谷鸟一声声唤着人们早起耕作的声音,此起彼伏地回荡在旷野间。

小卫告我,已经过了5点了。我水中的鱼漂还是静静地浮在湖面。

一只漂亮的水鸟,落在我面前水中露出的丫杈上,它认真地梳洗着蓝白相间的翅羽。

天渐亮,湖岸依稀可见。

静谧的湖面,漂荡起一团一缕的袅袅雾气。远处的树木和俯牛山被灰蒙蒙的云雾遮蔽住。

当新一天的曙光终于穿透飘散的云丝时,水中的漂子有了动静,先上来的还是几尾白鲦鱼,但比昨天的个体大得多。

早上6点多,当我钓上一尾三两左右的野鲫后,鱼漂被斜拉入水,和昨天一样,我一扬竿,鱼在水底挣扎了几下就"拔河"跑掉了。

小卫见我的竿子弯曲成弓,过来表示了一下遗憾,紧接着的一竿又重现了。我登时茫然了,到现在我也弄不明白,直到我们昨天离开时,先后跑了七八竿,但都没见到鱼的影子。是鱼钩的问题,或者提竿时机把握得不合适,还是挂上了鲢鱼?

8点过后,老卫、大李和小李过来了。我吃了些早点,继续垂钓。上白鲦的频率越来越高了,断断续续地,也上几尾二三两的鲫鱼。四周垂钓的人们几乎都没有上鲤鱼,老卫说,今天有雾,气压低,鱼口肯定不好。

大李问几点返回,我心里想,钓上一尾鲤鱼就可以收竿。

上午10点过后,湖面掠起变幻的风,吹皱了水面,雾气渐渐散了。对岸的岛,好像也随着蓝天中飘着的云朵在水中向我们移动。远处绵延的俯牛山的轮廓向我们慢慢走近,渐渐峰谷清晰,湛蓝碧绿的美景风情收在眼底。

老卫和大李在我的两侧抛竿,小卫和来垂钓的朋友们去聊天了,小李则在湖边的树荫下读书看报。

鱼漂在水面上下点动了几次,缓慢地下沉,我扬竿中鱼,嘴里念叨着,别又是鲢鱼,鱼溜出水面,果真又是一个胖头,也在三斤左右。上个鲤鱼吧,哪怕是个一斤的鲤鱼,我心中继续念叨着。

随后,上了几个白鲦和一尾三两多的金黄的鲫鱼,一个标准的鲤鱼漂相,虽然

只有八九两重,但总算是"目标"鱼开了竿。

快中午时,我钓起了第二尾鲤鱼,有一斤多些。

在湖边吃过小卫送来的面条后,我又钓上了一尾三两多的黄灿灿的鲫鱼。快下午3点了,我和大李收了竿。

目标鱼不管大小总算实现了,又饱览了迎春湖的风光。我和小李、大李向老卫等告辞准备回太原,我和小李掏出相机,留恋地再拍几张迎春湖的风光:只见湛蓝天空下,山峦环抱着腹地中奇曲异形的湖泊,绿的树、青的草、黄色的土地和碧清的水——原生态的迎春湖,让我们从城市中的喧嚣中返璞归真。淡忘了那七八竿没拉出水面的鱼的疑惑和遗憾,留下了一些迎春湖水对净化我心灵的纯情记忆!

幽雅湖畔的钓鱼人

湖边的树荫下

沁县游钓记

2010.6.6（周日）

周六至周日，我和阿男同长治市钓师老王、钓王老杨，沁县钓协会长老卫相约沁县水城，游钓沁县景村水库、迎春湖和圪芦河。

原始的景村水库

清早5点25分，我和阿男出了武乡县高速路口，长治市王与杨不期而至。寒暄几句，两辆车便径直穿过沁县县城，在沁县老韩的引导下，6点半左右，到了景村水库，与早在水库垂钓的老卫会合。

风景如画的景村水库，离县城十一二公里，是一处山峦间汇集涧溪泉水而成的自然湖泊，原始风光淳朴幽雅，令人心情怡然。我们的钓位选在湖岸一片茂密林边，王钓师主攻的对象鱼是鲤鱼，我和阿男锁定在白鲦。其实，在这种环境中，松弛心绪，闻花草香，听翠鸟鸣，赏湖泊风光，已经让人如痴如醉了。

湖水清澈，小马口鱼和白鲦鱼白净，小鲫鱼金黄，一上午虽然谁也没有钓上一尾像样的鲤鱼，但大家却很尽情。

中午，林荫间小憩，大家吃着小卫送来的农家饸饹面，愉悦地聊着垂钓的故事。今天上午，每人都钓上十几二十条小鲫，我说，这里的小鲫鱼太小，两条不到一两重，放生了以后，我上午就是"光头"了。老杨说，他十几年前在这里钓上的鲫鱼就这么大。

大家商量一番，下午到迎春湖，挑大白鲦去，两水库间，只有十几分钟的路。

王钓师收拾好钓箱后，还是对这里的环境一往情深，依依惜别。

128

其实，沁县的水库，各有特色，迎春湖也不会让王钓师失望的。

转战迎春湖

我们饱览着途中自然景色，很快就到了迎春湖西畔。这里的水面开阔，蓝天白云，远山披黛，红土染绿，沟岔湖岸有三五个钓友在挥竿垂钓，勾勒出一派和谐恬静、溢满诗情的画卷。如果说，景村水库，像美女的长长秀发飘逸流畅，那么，迎春湖，更给人以窈窕淑女多姿妩媚之感。

我们下竿后，果然，白鲦子又多又大。我钓了一会儿，开始起风了，有些不好抛竿，就转移到王钓师和老杨沟岔里的背风位置。三人此时兴致高，就又开始聊起垂钓的趣事儿。

景村水库林荫下

渐渐地，烈日曝晒下的天气清凉起来。远处传来阵阵闷雷声，俯牛山被乌云笼罩，几道闪电不时划破天空，阵雨快要到来了。风愈来愈大，吹皱了湖水，掀起了波涌，降雨的湿气逼近。为了安全，大家收拾了一下东西，钻到车里避雨。

头顶很快罩上了暗淡的帷幕，风小了些，密实的雨点开始噼里啪啦地洒落在车上，紧接着雷鸣电闪，大雨酣畅淋漓地下了起来。阿男在车里已经打起均匀的鼾声，我却没有倦意，我打开汽车的雨刮器，看着湖面溅起蒙蒙水雾，看着树木在风雨中摇曳，看着这大雨是怎样冲洗着这天空、这世界！我的一身征尘、凡绪和心灵，仿佛就置身在这暴雨中被即刻涤净。我真想，跳出车去，伸展双臂去承接

天空倾落的大雨，浸沁身心，伴着电闪、雷鸣和风雨声尽情宣泄，狂歌一曲！
……

雨渐歇，天空渐渐爽朗起来，此时我才真切地感悟到，那滴滴细雨落在湖面，如珍珠落玉盘的诗情画意。这窗外的世界真的洁净了，一切都变得这样新鲜，一切都会让人感到那样亲切。

我们穿上雨衣，支起伞，又重新回到钓位垂钓。

雨后，岸边的树更绿了，草更鲜了，空气中氧的饱和度更高了，这时在水旁垂钓，更令人心旷神怡。

鱼口更好了，挑小白鲦鱼时，间或，我还钓起四尾二三两重的鲫鱼。

当绚丽的晚霞，飘在太岳山巅时，迎春湖黄昏的画面中，点缀着我们几个垂钓人的身影，那景色一定是更美的！

晚餐时，大家似乎还在品着景村水库和迎春湖美妙的味道。

神奇的圪芦湖

去年冬天，我曾在高高的山坡上，俯瞰了圪芦湖白雪皑皑，冰湖封冻的景色。她，在我心中留下了一种大气磅礴、壮丽俊美的印象。

约好早上5点出发，4点50分大家就聚齐了。

圪芦湖离县城十多公里。是沁县十一个水库中最大的，水质也是最好的。

老卫介绍，圪芦湖的水源来自相距十多公里的漫水乡的七星泉，当地人都自豪地说，圪芦湖的水是矿泉水。我问道，此湖为何称"圪芦湖"？老卫回答，当地人把"葫芦"的发音为"圪芦"，是形容水库的形状的。事实上除了拦筑一个大坝外，圪芦湖也是一个原生态、纯天然的湖泊。

快到目的地时，沿途大雾弥漫，我们打开车灯和双闪，穿过村庄和树林，到达了选定"葫芦"小圆部分的湖库区。一下车，大家登时就被眼前仙境般的景色迷醉了。

时淡时浓的晨雾扑朔迷离，在湖库山峦间飘来荡去，山峰的轮廓、树木的剪影时隐时现，隐隐约约，似在水中漂移，清澄的湖面蒸腾的水雾萦绕，让人飘飘欲

仙,思绪飞扬。

大家赞叹着,沿着湖边选择钓位。

我把钓箱摆放好,钓位正对着湖中龟山岛和晋山半岛锁着的"葫芦"的脖颈水道,钓点前是一片露出水面的水草。

开饵、调漂、抛竿找底后,我点燃一支烟,静静欣赏着湖库晨光。当其他钓友还未支好竿时,我已钓起了一尾三两左右的开竿鲫鱼,接着很快又上了两尾一两多的金黄色小鲫鱼。我叫阿男把钓箱搬到我旁边。之后,我的钓点鱼口不断,最多时连了九竿,钓上了十三尾,只是个头越来越小。

旭日东升,雾散尽了,葱茏的密林、鲜嫩的野草、红黄的土地和蓝灰色的山岩清晰了,与翠绿的湖水交相辉映。伫立在湖边小丘的渔鹳,或迈开它那纤长细腿悠闲漫步,或伸长脖颈左顾右盼,或展开两米多长的翅膀从眼前掠过,不时俯向湖面,衔起早餐的小鱼。老杨在湖边密林湾处寻找钓位时无意看到一幅恬静画面:一只野鸭不惊不慌向他缓缓游来,在他面前不远的水草丛中,让几只孵出不久的小野鸭一个个爬到背上,然后驮着游向远处。

此景此情中,不由让我对人与自然的和谐,有另一番的体味。

凸出的半岛,凹进的沟壑,弯曲的长河,那么多的上佳钓位。我前方浮出的水草间,窸窣地响着,不时有大的或小的鱼跃出水面,给这恬静的幽梦添了许多的生机。

置身圪芦湖一隅,我似乎又到了江南水乡的千岛湖。

雨后的迎春湖面

钓友们在沁县城聚餐

圪芦湖的钓场

一上午的垂钓，我抵挡不住美景的诱惑，不时放下钓竿到四周走走看看，我对圪芦湖的这景这情，只能悠然感叹，而无法形容赞美。

湖边午餐小憩后，我们结束了一天半的三湖游钓。

返回途中，我脑海里一遍遍地翻阅着景村、迎春和圪芦湖的画面。

阿男、王钓师、老杨和老卫，此时你们是否和我一样，为我们这片黄土高原上，能绽放出的这一朵朵瑰丽的奇葩而心动和自豪！

与钓友在圪芦湖合影

汾河二库浮光掠影

—— 初赴二库竹排浮钓

2010.6.15（周二）

当汽车沿着盘山路越攀越高时，山上的空气愈来愈清新。我放下车窗玻璃，清新的空气中夹着凉意，夹着山林里鸟儿清脆的欢唱，拂面而来，沁得肺腑清爽。

转弯处，一轮冉冉升起的旭日，燃得天空金碧辉煌，染得山岩植被色彩斑斓，染得人心旌摇动。我看见，山脚下一条白带飘荡远去，我想起了那一曲脍炙人口的民歌——《人说山西好风光》："……你看那汾河的水呀，哗啦啦地流过我的小村庄。"向下俯瞰，那汾河的水，就从山脚下蜿蜒流经田野，流经村庄，流经我们居住的城市，从我的心中流过，流向远方……

端午节放假三天，今天是第二天。早上6点左右，我和阿男到了汾河二库后湾库区。我所熟悉的后湾钓位，大多都被前天来支着帐篷的钓友占据了。了解了一下钓况，不是太好，中午时分，有些钓友开始陆续撤离了。

西侧湖湾中有两排网箱竹排，只有两个箱内养

去二库的盘山路

着些鱼。

面对网箱这侧的山崖岸边，由于水位下降，泥泞陡峭，没人在这里垂钓。我观察了一番，选择了两处地儿可以修建钓位。于是，我和阿男在此开辟战场。

湖底呈斜坡状，水很深。阿男是"旱鸭子"，我给他找了一件救生衣，让他穿上。一切就绪，我们开始抛竿找底。

早上来时看到，其他钓友多用5.4米以上的钓竿，我和阿男选用的都是支4.5米的渔竿，钓点的水深将近四米。

相对而言，我们这里还算不错，打窝后一个多小时，我钓上一尾小鲤鱼和一尾小鲫鱼，挑了十多尾白鲦鱼。

太阳悄悄地跨过身后的山崖，把光芒投宿到对岸的山坡，撒在幽谷间。草丛和树木间的山雀飞着跃着，唧唧啾啾的叫声中，夹着"咕咕"的褐马鸡的声音。清纯的湖水似乎盈满醇香，被阳光映照得碧玉般翠绿（我们的城市饮用的就是这水库里的水）。我们快要被这澄澈的湖水迷醉了。

9点多钟，喂鱼的大爷划船到网箱去，我让阿男拿竿子趁机到竹排去挑白鲦。

果真，阿男一上竹排后就乐此不疲，很快就挑了十多尾白鲦，有时还上双尾。

过了一会儿，大爷载着阿男回到了岸边，阿男不知如何取得了大爷的信任，同意把小船留下让我们划着去竹排垂钓。

我开了一团拉饵，拿上我3.6米的新"名伦"竿，让阿男也换支3.6米的竿，并告知大爷中午多做两口饭，我们一块儿吃，随后，我和阿男将船划向了竹排。

竹排下的水深有三十多米，让人感觉就在峡谷山腰的空中垂钓。我把水线调到两米多，拉上饵开始钓浮。

我的新竿真的给我带来新的好运。当我打出第一竿时，浮漂就出现一个稳稳的下沉信号，我扬竿中鱼，手感很舒服，一尾三两左右的金黄色的鲫鱼被拖出水面。接着，午饭前我和阿男此起彼伏地挑起了白鲦和马口，俩人至少钓上了百十尾，而且个头也都很大。此间，我还钓起了三尾二三两的鲫鱼。

午饭是在岸上的小屋里和大爷一快吃的。

天气开始热了起来。简单的家常饭菜，香甜，吃得我们浑身大汗。

当再返回湖边，看到那绿滢滢的水时，心底登时又感到凉意丝丝。

二库竹排垂钓

护中渔获

下午的鱼更好钓。挂饵、抛钩、扬竿、摘鱼，整个一套动作机械地重复着。我和阿男悠然挥竿，体味着身心融入这"好山好水好风光"中的意境，聊着永无止境的垂钓话题。

阿男的技术显然有了很大长进，至少挑白鲦很娴熟了。

时间过得飞快，天凉爽了。鲫鱼隔三差五地上起来，我还有一竿双尾。

我今天钓上的白鲦马口估计有百十条，鲫鱼钓上了十八尾，鲤鱼一尾，还有一尾小鲳鱼。

峡谷上空的白云被渐渐西下的落日染成绚烂的晚霞，褐马鸡"咕咕咕"的叫声，带动着黄昏鸟儿的歌唱。顺着大鱼跃出水面的声音，我看到旋起一簇漂亮的水花，心弦又被搅起了兴奋点。但天色已晚，只好收拾东西，下山返回。

阿男驾驶着车在盘山路穿行。

夜幕笼罩着峡谷，水墨画般的山形树影中，蕴藏着一种神秘的诱惑。

一弦纤细的弯月，悄然升起，把明晃晃的月光洒在那水墨画般的山水中。

下山转弯处，山脚下那条流淌穿出的汾河，伸向远方，隐隐地藏进城市的万家灯火中……

135

摇啊摇，心在山间飘

——再赴二库竹排浮钓

2010.6.19（周六）

端午节后上了两天班，又到了周末。我和许勇到二库竹排再去挑白鲦，过过垂钓瘾。

清晨的后湾，空气还是那样清新，鸟叫还是那般悦耳，天空还是那样湛蓝，湖水还是那般翠绿。蓝灰色的山岩和草绿的植物相间，层次清晰，时而，一阵清风吹皱了明镜的湖面，盈满生机。许勇划着小船，与我一同上了网箱的竹排。我开了一团拉饵，还在上次的钓点抽竿，但鱼口不是太好，断断续续地上几尾小白鲦。许勇的位置似乎不错，上的白鲦个大些，还上了三四尾鲫鱼，其中，一竿双尾——一鲫鱼、一白鲦。许勇让我到他那去钓，我婉拒了。这么美的风光，坐在湖心的竹排上，四面是水，四周环山，点燃一支烟，神情松弛，悠然闲雅，似乎钓与不钓真不那么重要了。

遐想在碧绿寂静的水底世界中遨游，超然在峡谷山峰上攀爬，去登上最高的一峰之巅，去摘那蓝天中最美的一朵白云——那云朵嫣然飘散成一束束流云，转瞬间，凉爽起来，刮起了风，水面波涌荡漾——竹排上下起伏、摇荡着。

摇啊摇，山在水中移，云在山巅飘，心神飘荡在峡谷山涧。忘我？我融在这山水蓝天怀抱中，这山水蓝天储存在我胸间。

摇啊摇，心驰神往，其乐融融。在这竹排上惬意地摇着，竟然让我置身竹排却联想起歌谣中的"外婆桥"。

水中的鱼漂在逐渐小下来的波涌中信号频繁起来。午后，在竹排上吃了许勇

送来的一碗面条,我也开始频频上鱼了。挑上了一百多尾白鲦,上了七八尾鲫鱼,我也上了一竿双尾——一鲫鱼、一白鲦。

平静不久的竹排又开始摇晃起来,风刮得无法撑起伞来,舒适的凉风阵阵吹过后,天色骤然变暗,厚密的黑色云团布满天空,峡谷库区一派肃然景色。这种庄严让人增添了几分亢奋!我站起身来,在摇晃的竹排上挥竿,让竿梢在这肃然的空中划出一道道搏击影痕。

鱼口还是不停歇。不经意间,暗淡褪去,天空又爽朗起来,翠绿的湖面微波粼粼,我又钓起几十尾白鲦和一尾鳊鱼。

黄昏的峡谷间,翠鸟和褐马鸡的叫声又开始此起彼伏,绚烂的晚霞染满了天空。

沿着峡谷山间的盘山路返回途中,我又看见山谷上空那一牙皎洁明月。

月晖融融,撒在路上,撒在山峦。我的心,还在山间飘呢!

在竹排上飘摇

俯瞰二库竹排

雾里看山·看水

——三赴二库竹排浮钓

2010.6.26（周六）

  淡淡的雾，一整天弥漫在峡谷间，把天空涂成蓝灰的底色。没有蓝天白云的映衬，山岩层间的草木虽然还是葱绿，却隐去了山的苍劲，湖水虽然还是碧清，但显然少了往日的一些爽朗。那山和水，于然被淡淡的蓝灰的雾，蒙上幽然的朦胧。

  当我置身在这幽然的朦胧中独钓碧波时，我忽而感觉到，这峡谷间比往日却多了许多的幽静，多了许多的神秘，多了许多的冷静和理智，多了许多的思考和回忆……

  这是我最钟爱的水库之一，我曾将这里选作我垂钓生涯的归宿。

  我和老梁早上7：45到了二库后湾，计划下午4点离开赶赴一个朋友孩子的婚礼。老梁划着小船送我到网箱竹排。

  老梁上大学时，曾是学校航海队的队长，划船之技确实娴熟。

  我乘坐在船尾，伸出手在船舷外撩起一捧澄澈的湖水，赞叹着湖水的碧绿清醇，老梁说，用翡翠绿形容这水的优美更贴切。

  老梁送我上了竹排，在小船上看着我开竿上了几尾小白鲦鱼后，独自悠哉地荡着双桨离去，我目送着老梁驾舟泛波，渐渐融入薄雾弥散的山水间。

  我坐在钓箱上垂钓，任竹排随风摇晃、上下起伏，我似乎也像是载着一叶小舟，在烟波浩渺的风浪中穿行，我想，人生旅途不也如此吗？

  雾，有时使人两眼迷茫，有时也让人目光锐利。

  我看着雾里叠嶂的山峦，山巅袅袅升腾的雾如仙烟，雾将那最远的山峰与天空

浑然相融。我看着雾中开阔曲折的湖面，湖水蜿蜒远去，幽深悠远，渐渐隐入群山，淡入烟波，横流天际。

竹排下的碧波荡漾时，我感觉在接受着身心凡尘的涤净，湖面静水微澜时，我似乎又心如止水。

远看山，山朦胧，近看，山依然苍劲。

远看水，水朦胧，近看，水依然纯清。

下午，老梁划着小船接我收工，问及渔获，我告他，鲫鱼没钓上，白鲦大约有个七八十尾吧。提起鱼护，看上去也只有三四十尾，原来，渔护露了一个洞。上岸后，看网箱的大爷直"夸"我，好呀，一边钓鱼，一边放生。得垂钓之趣，非得垂钓之鱼。

下山的盘山路转弯时，我们停下了车，俯瞰着蓝灰色的雾笼罩下的田野、村庄和城市，思绪伴随着从山脚下穿出流向远方的汾河淡淡而去……

似乎从更遥远的山间，传来一阵阵山雀的啼鸣声，蓦地，我低头看见，山坡的野草丛中，蜜蜂在蔷薇花蕊上采撷。

雾，教化与我一个最简朴的哲理，该糊涂时，理当糊涂，该清醒时，亦理当清醒。

优哉游哉

护中游弋的白鲦

从崛崛山脚下穿流出的汾水

蜜蜂在蔷薇花蕊上采撷

塞上的云

——右玉县常门铺水库独钓记

2010.7.2（周五）

  黎明，湖面薄雾袅袅，晨鸟飞鸣。我重新抛出了竿，静静地观察着草滩上空那几朵粉红云霞的图案和色泽的变化。从昨日到右玉县时，那蓝天悠悠的白云，那落日绮丽的晚霞，那与星月相伴的墨云，到今早伴黎明喷薄的火烧云，无不引起我无限的遐想……

  晋西北的右玉县，古为边陲要塞。新中国成立以来，当地十八任县委书记带领人民，坚忍不拔、艰苦奋斗了半个多世纪，硬是靠辛勤的汗水，把这块贫瘠荒芜的土地浇灌成了风景如画的塞上绿洲。

  三年前，我和几位钓友与常门铺水库邂逅，那里的风光和环境在脑海中留下了美好的印象。

  这次我与同事们赴右玉参观，一到右玉，就像又走进了一个洁净的世界中，我又一次被那里的山谷、那里的田野、那里的天空和那里的云霞所震撼了。我想，当时每个人的心中也一定都在为此而抒怀。

  昨天到达县城，午饭之后，同事们去参观景点，右玉县的李兄开车直接送我去常门铺水库垂钓。

  沿途，天淡云清。一处处蜿蜒溪谷，静谧流畅，岸边的牛羊成群；一片片盎然的草地，花丛点缀，醒目耀眼；一条条林荫小径，枝繁叶茂，传出阵阵鸟的欢歌。随处可见的丘壑地带的森林、田禾、乔木和沙棘类灌木丛，呈现出了一派原始山野风貌。

约四十分钟后,我们到了常门铺水库。

眼前又一次浮现出右玉那美丽景观。上一次,我们直奔水库垂钓,夜钓到次日,这回还想把时间多用在垂钓中。

下午3点多,我又找到了前年的钓位摆放好钓箱,这是靠着一处近于垂直的数米高的石崖,我仍准备背东面西,贴近崖旁打钓点。

天空多云,但阳光依然强烈,夏季酷日炙烤。我支好钓竿和伞后,已经汗水涔涔,但仍禁不住先欣赏一番风光,拍几张照片。

东南侧的山峦连绵,山林草丛从黛绿渐次浅绿,山峰盘绕着团团云朵,山脚与湖水相连。西面的不算高的山峦,绿荫覆盖,上空的云朵不时飘荡变幻,在水面投下漂移的影子。我斜对面的远山,峰峦重叠,飞云缭绕,山坡脚下水位比前年似乎退了些,袒露出数百米宽的绵延草滩。草滩上古时的烽火台依旧雄伟,与东南侧山峦上的那座烽火台遥相呼应⋯⋯

一边遐想,一边垂钓,心境飘然。浮漂在漫不经心间被斜拉入水,我抖腕扬竿,4.5米的竿子弯成一张大弓,我一手撑竿遛鱼,一手支起抄网,几个回合,一尾二斤多的野生鲤鱼收入护中。随后,重新抛下钩不久,又一尾一斤左右的鲤鱼入账。前后一个多小时,感觉很不错。

我督促李兄离开后,独自垂钓观景。

下午5点多,从水面刮过一阵阵凉爽的风,天空布满鱼鳞般的流云,那云忽而又变得波浪一般,甚为壮观。停口了一个多小时,才开始陆续上起二三

常门铺水库大坝河道

孤军营地

两左右的鲫鱼，间或，也上几尾鲤鱼。

天渐黄昏，对面的太阳慢慢下沉，山峦上空连绵的云朵被霞光照射得更加纯白，湖面微波粼粼，折射出耀眼的银光。草滩那个方向，高空湛蓝明净，与远山峰峦相接的天际一片青绿透亮，山坡下淡黄的灌木和棕红的胶土层形成了一层层暖色调带，与嫩绿的草滩和碧绿的湖水柔和过渡，渐变构出一幅彩虹般的绚丽图画。

云状变幻着，夕阳终于落在对面那不高的山峦背后，那被染成银色的波浪滚滚的晚霞倒映在湖面。我插好的夜钓用的荧光棒在漂尖闪烁着，在水中云海中闪烁着……

我似乎垂钓在云海中。

云，渐渐变成黑灰色，聚来散去。不经然间，对面山峦上空缀上了最早亮起的一颗耀眼的明星，渐渐地，越来越多的星星点亮了，我又辨出勺把状的北斗七星。湖库四周，伴着渐息的鸟叫，青蛙大合唱不知疲倦地开始了。

天色似乎渐渐亮起来了。

空中繁星闪闪，身后上空的月亮却好像总要扯上一片云朵遮着羞涩的面容，在云层中时隐时现，把淡黄色的月晖轻轻撒在湖面。

斜对面草滩远处的山丘轮廓清晰可辨。草滩上耸立的烽火台与东南侧山峦上的那座烽火台遥相呼应，似乎还在向人们诉说着当年右玉人抗匈奴的壮烈故事，见证着一代一代右玉人民的胜天斗志……

我不由想到，在这曾经是狼烟四起的疆场，有多少仁人志士已经长眠在这如幛的绿野之下，没有颂歌，没有丰碑。在这曾经是战乱频繁的远古荒漠，走西口的悲歌也传唱了几百年。而如今在这塞上，绿地环绕，是当今的右玉人书写出新时代的又一曲新的壮歌。

水面上沉寂许久的夜光棒突然缓缓上升起来，我扬起竿子，是中鱼了，上来的是一尾足有六两多的银白色大鲫鱼。这时我才意识到，我现在是在只身夜钓啊！

夜里10点多以后，风湿袭人，身上被冻得颤抖，但鱼口很好。我套上长袖衣衫并把雨衣雨裤穿上御寒，吃了点东西，补充一点热量。

夜钓的时间飞逝，蛙鸣也渐渐稀落，明晃晃的半月终于从云里钻出来，天空又呈现白天的那种青蓝，已经过了凌时一点，我简单收拾了渔具，找地方休息一下。

夜色将临

垂钓云海

凌晨4点30分，手机提醒闹钟把我唤起。当我迎面看到东方天空那吞噬天际的火烧云——那波澜壮阔和气势磅礴的火烧云的朝霞时，我的精神为之一振，疾步向高处攀去。我伫立山崖上，久久地凝视着，那黑色、黄色和血青色的霞云间，好像正在喷射出一团团亮红的火焰。那壮烈的火光四射，燃烧着苍山、燃烧着林海，我胸中的激情也被燃烧起来。再屏气远望火烧云笼罩着的层层山峦田野，我好像聆听到大地深沉的呼吸声。

钓鱼人因勤奋而能见到最美的云霞，迎接最早升起的太阳，呼吸到最新鲜的空气，听到最悦耳的鸟的欢歌。

火球般的旭日喷出来了，我重新坐到钓箱上，悠然欣赏着斜对面的画面：青蓝的天空飘着几朵粉红色的云，它与黛绿的远山、红褐色的土地、黄色的烽火台、青绿的草地、天空翔过的鹰雁以及碧水荡去的小船相映成趣，加之我这崖旁湖畔挥竿的钓翁，也被容于这景中。

垂钓虽然艰辛，但有时也颇有些诗情画意。

上午8点以后钓况不错。我偶尔发现，石崖边水底有一个一尺见方的小平台，只要把钩抛到上面，不久就会有口，我窃喜找到了鱼的餐桌。10点多钟，李兄接我时，估计钓获的鲤鱼鲫鱼大小有四五十尾，重量有二十多斤吧。

在绿树掩映的返回县城的途中，我向李兄谈着一天一夜的独自垂钓和远离喧嚣之感。

看着绿野里茂密的林，看着丘陵地带悠闲的牛羊，看着在田里耕作的村民，看着那湛蓝的天、洁白的云——那朵朵洁净白云，不正是被千万双右玉人勤奋的双手所托起的吗？

离开右玉，那神奇莫测、变幻无穷的云，还在心头萦绕着……

青海湖散记

2010.7.6（周三）

　　要去西宁出差，顺便可以去青海湖。临行前，我反复琢磨是否带上一把矶钓竿，去青海湖找个湖湾沟岔体会两竿，后因都是长节竿，携带不便，便想，到了西宁再说吧。

　　青海的同事还真为我的垂钓做了安排，但，最终我却放弃了。

天路

　　我们一行人乘着中巴车，向青海湖的东南方向驶进。

　　沿途，穿过群山峻岭、草原戈壁、沼泽湖泊，与穿越山腰隧道、横空高架的铁路并行的方向驶进。

　　这就是两条闻名世间的通往青藏高原的天路，一条就在我们的脚下。

　　驶在一条通往天际的路上，路的那端，伸向遥遥的山巅、漫漫的云间；路的这端，在我们脚下的距离正在缩短。

　　"这是一条神奇的天路"；这是一条激人奋进的路；这是人生拾级向上的路！

日月山

　　听说，她属于昆仑山系。

　　日月山，巍峨连绵，连接着世界的屋脊。一座富有传奇色彩的山，一座记载着当年文成公主进藏途径的动人故事的山；一座护卫着青海湖与美丽草原和谐安宁的山，一座与日月同辉的山。

这山，是有生命也是有灵魂的。她铭记着六十年来修建青藏天路的子弟兵的英雄故事和烈士的名字。

山腰上，那些飘动着七彩经幡的祭坛，系着藏牧民美好的寄托。

你疑惑，这山不是很高嘛？

有八百米、一千米？

可你别忘记，在这大山的脚下，已经是海拔三千公尺以上的高度了。

在山腰峭壁间，甚至在山峰顶，吃草的藏羊，像缀在巍峨大山上一颗颗闪烁的珍珠，把生命的高度向上托起。

同行的朋友，你可有勇气攀登上那日月山吗？

日月山脚下，还有一条奔流不息、自东向西流淌的河。这就是著名的倒淌河，她将日月山映衬得无限神奇。

日月山，一座神圣的山啊！

油菜花

7月份来青海湖是个美丽的季节，是一个流金的季节。我们驶进途中，举目可见，处处绽开着一片片金灿灿的油菜花。

越向东南驶进，油菜花就越多。一望无际的油菜花就像一片波澜壮阔的金色的海洋。

一片片炫目的金黄色，涂抹在大山、梯田和草原间。

蝴蝶在花的海洋上飞舞，蜜蜂在花蕊间奔忙。

去青海湖的公路

日月山脚下的草甸

放蜂人怀抱着甜蜜的梦，在油菜花田野的路旁支帐安家。油菜花田间旁的地头，穿着各色少数民族服装的男女们，头顶烈日，还在繁忙地耕作——

他们把夏天装点成金灿灿油菜花绽开的季节，还在继续为秋天的绚烂而辛勤。

我们的中巴车途中两次专门停靠在路边。大家去赏金色海洋般的油菜花，去端详花蕊上的蜜蜂采蜜。

一阵清风掠过，金色海洋掀起涟漪，花儿舞动起来，流溢出沁人的馨香。

同行的人，当时你们没醉吗？

草原上的花

这两天，恰好CCTV1正播放着描写青藏高原筑路武警官兵的故事——《一路格桑花》。我们向青海湖的东南方向驶进的途中，看到一路绽开的格桑花，就像又看见当年一个个战士的身影，倍感另一番的亲切。

在藏语中，"格桑"是幸福的意思。格桑花实际上是生长在高原上的一种普通花朵，它寄托了藏族人民期盼幸福吉祥的美好情感，在藏民眼里，格桑花是高原上生命力最顽强的野花。格桑花看上去纤细弱小，可风愈狂，她愈挺；雨愈淋，她愈翠；太阳愈曝晒，她开得愈灿烂。

一路上，放牧在草甸溪流间的牛羊，就像在山涧草地上绽开的一朵朵格桑花。

来到青藏草原，采撷一朵芬芳的格桑花，送给你心中的她（他），你能不感到《在那遥远的地方》那首歌中的浪漫诗情吗？

中巴车驶进得快了些。没来得及让我拿出相机拍上错过去的一幅画面：离公路不远的草地上，一位穿红色藏袍的牧羊姑娘，手舞鞭儿挥赶着羊群。

转身看着，在蓝天白云绿草地上，她不就是草原上的卓玛姑娘吗？渐远去了，姑娘衣袍上的彩带飘动着，她不正是草原上的一束最美丽的格桑花吗？

圣洁的湖

一路心中的赞歌，我们看到刀锋般的几座沙山，一个浩瀚的青海湖伴着大家的

喜悦声出现在眼前。

中巴车还在继续向前驶进,那只是青海湖边缘的一角。

又驶进了十几公里,我们到了景区——大山、草地、油菜花、蓝天和白云拥抱着的无边无际的青海湖——这湖,分明就是海嘛——青色的海。

扑上去,大家扑上去了,像扑进了母亲的怀抱中。

盛开的油菜花

在湖边,掬一捧清澈的湖水,让水从心头淌过吧,就像三江源的川流,从母亲的胸间流向长江、黄河和澜沧江。

心中流淌的是圣洁的水呵。

澄澈碧水中,悠然翔游着几尾不大的小鱼。呵,这就是传说中的青海湖裸鲤,也叫湟鱼,生长得极慢的鱼,这就是被国家认定为珍稀水产的鱼。为保护这种鱼,青海省政府已经第四次发出禁捕令,时限从2000年1月1日到2010年12月31日,这是一个庄严的禁令!

途经的草原

据说,就是这种湟鱼,在灾荒年曾经拯救过无数的藏民,在他们心中,它是一种圣鱼。

圣鱼,就生长在这圣洁的湖水中。

当我们乘着游艇,驰骋在壮阔的大湖中,眼前,蓝色的天空,蓝色的湖水,白色的云朵,白色的浪花,水天浑然一体,把我溶在这圣洁的世界,心灵也沐浴着圣洁的洗礼。

你看,湛蓝的天空中,振翅飞翔的棕头鸥鸟和大天鹅,像蓝色背景中跳跃的一个个黑白音符,弹奏着琴键上的天籁之声;青绿的草地上,悠然散步

的牦牛和藏马,像绿色地毯上拖动的一把把彩色画笔,抒写着吉祥安宁的诗卷;碧清的湖水中,安逸游丝的一尾尾湟鱼,像碧空世界里穿往的织梭,编织着人与自然的和谐。

7月的青海湖,百鸟的天堂,牛羊的家园,希望的殿堂。

我在想:在草原上,那貌似瑰丽的狼毒花,本不应是它生长的地方……

事实上,当我们一行在藏汉文书写的"青海湖"的碑前合影时,我心里就涌起一股庄重:如果,明年再来青海湖,即使捕鱼令开禁后,我也不会再有到圣水的青海湖垂钓的念头。

天水一色

在青海湖畔合影

沙湖垂钓

2010.7.8（周四）

在沙湖垂钓，是我好些年来的向往，它也使我延续了童年的梦想。我要特别感谢我的同事大校，在这次西北出差之际，帮我满足了这个愿望。

向往银川，是因为那座美丽的城市有一个美丽的沙湖。去沙湖垂钓，给我留下一个美丽的印象，是那一片美丽的芦苇。

和同事们去西北出差，昨天我第一次到了宁夏，到了省会城市银川，大校的战友安排了我今天的垂钓。早上5：30分出发，我和司机——二级士官小靳驱车三十多公里后，先到了部队驻沙湖的一个营区，然后，再由熟悉垂钓的士官小姚领着我们去选择钓场。

迎着早上升起的太阳，我们到了沙湖西南侧的芦苇荡，一片原始风貌的秀丽景致即刻让我激动不已——我终于踏上了这沙湖岸畔的草地，我自豪的心情随着芦苇荡上空的鸟儿在放飞。眼前，那一丛丛、一簇簇、一片片和那形如岛状、连绵无际的芦苇，像迷宫布阵般交错在湖中，蕴藏着传说中沙湖

沙湖景区广场

原生态的沙湖钓场

的神奇色彩。茂密的苇丛中，水鸟和野鸭在巢中愉悦地叫着，在苇丛间窜动着，在湖面浮游着，长颈长脚的渔鹳、天鹅、仙鹤和许多叫不上名字的鸟类，或伫立在苇丛边、或飞翔在湖面上空寻觅着，或忽地扎入水中衔起银白色小鱼。

那一株株亭亭玉立的芦苇，尖叶上托着晶莹的晨露，青翠欲滴；那一片片坚韧挺拔的芦苇，枝叶相拥相抱，丛丛簇簇，连成一片风吹不倒的绿帐；那一束束初绽淡绿的芦花，随风摇曳着，弥散出一股股清香的气息。

这就是我向往的沙湖——翠绿的芦苇丛倒映在碧绿的湖水中。置身这湖，让人须眉染绿，肺腑沁香，心境淡泊。

在对面一片茂密的芦苇绿帐的湖畔，我们支竿架伞，开始挂饵垂钓。密丛中"嘎嘎叽——嘎嘎叽——"那熟悉的、儿时我们就称做"嘎嘎叽"的一种小水鸟，叫声不绝，渐渐，把我带入童年时的回忆：

八九岁时，离家三四里处，也有几片芦苇荡，我常跟着邻居的大人或一些大孩子，去那里钓鱼。那年代，经济贫寒，我找根竹子做竿，讨根丝线，将缝衣针用烛火烧红弯成钩，用禽羽或用节芦苇涂上色制作浮漂。星期天或节假日，挖罐蚯蚓，或抓几只蚂蚱做鱼饵，扛着竿，提着个小铁皮桶去钓鱼成了我儿提时的乐趣。那时，我的"目标鱼"主要是些小麦穗儿或小泥鳅，钓上到家后，在炉子旁烤着吃。如果哪回能钓上小鲤鱼或几尾小鲫鱼，就更是乐不可支了，那样家里就可以有鱼汤喝了。记得有次大雨初霁，下午没有课，我也没有约上伙伴，就一个人跑到芦苇塘钓鱼去了。那天让我欣喜若狂，只要挂着蚯蚓的小鱼钩下到芦苇根旁，鱼就咬钩，我一条接一条地钓上了十几尾小鲫鱼，我满怀欣喜地想，这下家里可以吃上一顿鱼了。谁料，天黑时回家后，满身泥泞的我，一进门，就让妈妈训斥了一通，认为我是逃学去钓鱼，委屈得我，眼泪滴答地往下掉。

我从小就喜欢到芦苇荡去钓鱼，去摸鸟蛋，去抓小"嘎嘎叽"玩。春天，芦苇吐青时，我钓鱼玩时，总要挖些芦根嚼着甜味，或饥饿时果腹；端午节前，只要去钓鱼，就要专门去采些宽宽的芦苇叶子回家做棕叶；当秋末芦花白了时，我钓鱼回家，也要割一些长秆的芦苇花，拿回家绑几把扫地的笤帚，当然，顺便还挑几根芦苇节竿，晾干后，精心去做几支鱼漂。

如今，我小时候常去钓鱼的那些芦苇荡消失了，那片湿地上早已布满纵横交错

的马路，竖起了幢幢楼宇，充满了城市的喧闹……
……

天气炎热，云层厚积，有些闷人。中午垂钓时，我看到不时有大些的鱼跃起，在湖面搅起水花。一种被称作"潜水员"的琵鹈水鸟扎入水中，很长时间后，才从几十米开外湖面浮出身来，我不知它是在水里捉鱼还是纳凉。

在沙湖垂钓

远处的一片芦苇丛弯处，水下的苇根被鱼撞动得"刺啦啦"作响。我悄悄起身，屏住气，慢慢走过去，看到二十米开外的水下，一条足有一米多长的大草鱼，像艘小潜艇般贴着芦苇根静静翔游，猛地，那大物仰起头，一口把一株垂向水面的芦苇拖入水中，吞食嫩绿的茎叶。

沙湖苇丛

钓鱼人都知道，芦苇含有丰富的蛋白和清香味，是草鱼最青睐的佳肴，只可惜，我的钓具让我感到鞭长莫及。

我也喜爱芦苇，我喜欢嘴里含一片清香的苇叶，吹出水鸟悦耳的叫声和悠扬的小曲；喜欢采撷几片青绿的苇叶夹在书中做书签……

我更喜爱芦苇莲荷般出淤泥而挺秀；喜爱她翠竹般玉立而清高；喜爱她不畏风寒的坚韧傲骨；喜爱她不与群芳争艳的虚怀若谷。

芦苇窝前的浮漂又一次被慢慢地斜拉进水面，在我身旁也拿着竿儿钓鱼的司机小靳提醒我，我提起竿，又是一只螃蟹。今天除了一早来钓上一尾一斤多的鲤鱼，十几尾鲫鱼外，我几乎一直上的是螃蟹，收竿时钓上了三十多只螃蟹。

晚上，部队的首长们要宴请我们一行同事，下

151

午4点半了,我们只好收了竿,心里还在无限眷恋着这编织了我童年的梦、憧憬着我明天的期望的芦苇荡。

天空压过一片黑云,湖面吹起凉爽的风,我们请旁边的钓友为我和士官小靳在湖边留影时,我啼听着身后苇丛的在风中的簌簌声。似乎苇在窃窃问我,当芦花白了时,还再来沙湖看美丽的"雪景"吗?

上车离开沙湖,车窗上洒上了一阵阵雨滴,我们渐渐远别了那雨雾朦胧的芦苇荡,那沙湖梦幻般的影子。

钓获的螃蟹

抓回逃走的螃蟹

同士官小靳在沙湖合影

阿男的手机

2010.7.31（周日）

阿男即使在钓鱼时，也常喜欢打着手机和网友们聊天，因为聊天误"口"跑鱼这是常有的事儿。当然，随时打电话向老婆报告战况，接受"上级"的指示，这也是让人能够充分理解的。但今天，阿男的手机却开发出了新的功能——

早上，阿男在街上的小摊儿请我和老梁吃了牛肉丸子汤和油条。然后我们三个人就出发到清徐县，准备到我的朋友玉良的莲藕池去钓野鲫。一路上，阿男一边开着车，就一边开始接打开电话了。

到了莲藕池，老梁脖子上挎着相机转悠去了，我和阿男准备下竿，但池水很浅，没法施钓。折腾了一气儿，只好转移。

玉良掏出手机，给他的一个朋友打电话。他朋友那儿有一个荒芜多年的塘，听说那有不少野生的鲫鱼。

玉良和他的朋友打好了招呼，还亲自带着我们去了那个塘子。

我和阿男重新支好了鱼竿，在钩上摁上了已经开好的鱼饵。果真，一下竿，就有"口"。只可惜，钓起的是"瓜子"鲫，最大的也不过一两多。

玉良的莲池

阿男煲话粥

手机打"窝"的钓点

我钓上三十几尾小鲫鱼后，感觉"竿瘾"过得没意思，就和老梁开上车到县城转去了。阿男仍顶着烈日，打着电话，在塘边钓着小"瓜子"鲫鱼。

两三个小时之后，我和老梁酒足饭饱后回到塘边，给阿男带回来一盒炒面和一张糖饼。老梁问阿男钓况如何。阿男一边吃着糖饼，一边说，钓的还是一点大的小鲫鱼。然后，阿男转身问我，看着塘里有大鱼翻水花，但就是不过来，能不能打点"窝子"把大鱼诱过来？

刚说完，兜里的手机铃声一响，阿男就又接起了电话。

我环顾了一下四周，这天闷热，天空乌云滚滚，憋着一场雨，塘底不断泛起腐殖质产生的气泡。这是典型的低气压天气，水中的溶氧太低，这天气，小鲫鱼咬钩就不错了，如果再打上"窝子"，不引来更多的小杂鱼才怪！

我说这话的意思不知道阿男听明白没有，见他还是握着电话和网友天南地北地聊着天。

合上手机后，阿男继续问我怎么把大鱼诱来。

我没好气地对阿男说，你就给大鱼打个电话、发个短信，让它们来咬你的钩！

……

阿男准备收竿，弯腰去提渔护时，手机从钓鱼马甲的上兜滑出掉进了水里。

我和老梁哈哈大笑。用手机打"窝子"，大胆的创新呀！这下用手机打好"窝子"，在水里开着机直接给大鱼打电话、发短信，召集大鱼集中来聚餐，再下竿，一定会大有斩获的。

阿男无语，穿着短裤下到水里，摸了半天，把翻开盖的手机摸了上来。

我和老梁继续调侃阿男，怎么了，和大鱼正通着话，你怎么就把手机又收回来了呢？

买鱼竿

2010.8.2（周一）

这几年，有些时间和闲钱，就想去渔具店泡泡，听钓友们吹侃，了解点信息，交流一下钓技。见到喜欢的竿子，手一发痒就想买，讨价还价，软磨硬泡，便宜几块是几块，心里图的就是一个乐呵。

谁都知道，买东西的不如卖东西的精明，商家不会做赔本的买卖。但最近，有件事却让我心里不安。

上月初，我和阿男、老K去天津办事，顺道去塘沽洋货市场。我想去淘支海钓用的矶竿，阿男也想配一支。

洋货市场，我光顾过多次，那里的东西良莠不齐。但也能淘到地道的货品，价格上要便宜得多。

老K去转悠他喜欢的商铺，我和阿男径直去了我去过几回的四海渔具店。

果然，进门我就看上了一支5.3米的日产"西玛诺"矶钓竿，这家店是这个品牌的代理商，竿子没有问题，关键还是价格问题。阿男在选着他的鱼竿，我装作关心着其他渔具的行情，偶尔，向渔具店老板娘问起这款竿子的情况，把价格压得很低。

老板娘是个东北人，姓陈，性格爽朗，但也爱较真。她开渔具店有些年了，对这款竿子的钓性和市场情况都很熟悉。于是，我们俩三十块、二十块地开始讨价还价，期间，僵持了几次，我离开出去转了转又回来，反正我想有时间再泡一泡。当然，陈老板也看出来我是真的喜欢、也诚心要买这支竿子。磨了足有一个多小时，把价格终于从一千二百八十元降到九百八十元，我坚持还要带上一个"迪佳"牌（1500型）的纺车轮。

成交了矶钓竿后，我突然又发现了一款香港产的"名伦"手竿，抽出一支3.6米的试了试，手感还真的不错。于是，我和老板娘又开始新一轮的讨价还价，最后，老板娘不得不再次拿出进货价格单让

我看，心里有了底，我又掏出一千二百元买上一支3.6米和一支4.5米的竿子。都是品牌竿，我觉得心里踏实，那支4.5米的竿连包装都没打开就收了起来。

这一不留神可闹出问题了。回来后，我和阿男约长治的朋友去沁县水库钓鱼时，抽出新买的4.5米的竿子，发现少了第二节，登时我就傻了眼。当时大家七嘴八舌地议论开，这种竿子不好配节，店老板会不会认账，再说，这么远，人家会不会负责。搞得我心里很是麻烦。

幸好，我买竿时讨了张四海渔具店陈淑梅经理的名片。回家后，我抱着试一试的心理，拨通了电话。谁料，当我刚自责地说起这件事时，陈经理就急火火地说，她就等着我的电话，这件事是他们的责任，向我再三道歉，并保证尽快把少的那节竿给我寄来。

人家是生意人，咱这时候，再也不能讨价还价了，我也再三表示，该出的邮费我一定出。陈经理一再表示，费用上没有关系。

心里总是踏实了。可是，意外又出现了。过了几天，邮局送来的竿子在邮寄中被折断了！这下子，只好再向陈经理求援了。我又一次表示，这回，该多少钱我都出，不行我把钱先打出去都行。陈经理却还是那样诚恳，反复讲，这件事她有责任，一再表示，尽快和厂家联系，帮我把节配上，包装好后再给我寄来。

前几天，我在外地出差，陈经理打电话告我，配节寄出来了，让我查收。昨天，一到单位，果真收到了一根用硬质塑料管仔细包装好的邮件，打开后，里面还用着一根细金属管套着那根配节，包装得非常精心。我当时很感动，立即给陈经理打电话，告她配节完好收到，表示感谢。再三要把钱给她，不能让她赔了。但，陈经理也坚持说，都是钓鱼人，钱不钱的说多了也没什么意思，坚持不要。说了半天，最后，她也只是淡淡的很诚恳地说，以后来天津能再去她的店就可以了。

看来，钓鱼人和渔具店间是更讲诚信、更讲仁义的。

以后，有机会我肯定还是要光顾四海渔具店的。

湖水呓语

——四赴二库竹排浮钓

2010.8.8（周日）

荡漾碧波

淡远了熙攘，又置身这简约清然之境。看见了蓝天中的白云，岩山层间的茂绿。湖水，还是那般碧清。

我和老梁再次到二库竹排上挑白鲦。我今年这是第四次在这同一地方挑白鲦了。

老梁划着小船，送我上竹排垂钓后，间或，给我送些食品和水，就又独自荡舟碧波、享受新鲜的空气和自然的风光去了。我点燃一支香烟，吐出一团甜丝丝的烟雾，陶然目送那一叶远去的小舟，那小舟像一片绿叶，渐淡融于碧波之中。

在竹排上，我便又一次贴近了湖水，思绪淡定、神游太极。撮饵、拉饵、挂上颗粒饵，我在两个网箱之间，一次次扬竿，挑起一尾尾扑棱扑棱挣扎着的白鲦鱼，也钓起两尾二三两的金黄色的鲫鱼。下午收竿提起渔护时，老梁的眼神惊愕，连我自己也有点吃惊，钓上足有二三百尾、共十几斤的白鲦。

大自然中，水，是我最亲密的朋友，我常垂

钓，沉浸幽静，常对湖水悄悄地倾吐，常听着湖水对我娓娓地诉说。湖水的平静、微澜、波涌、巨涛，牵着我的心。平静，令人超然，令我的心可以自由地飞；微澜，使人舒展，使我的思绪豁朗明清；波涌，催人奋进，将我的胸襟充满激情；巨涛，让人放纵地去宣泄，让我的灵魂在袒露中升腾！每一次垂钓，每一次面对湖水，我都将我的人生倒映在水中，每一次在明净的水中彻悟人生的空灵——这就是我极其追求的意境。

大自然的山，大自然的水，大自然，是一本翻阅不尽的书卷。人的生命，只有一回，垂钓却可以伴随一生。但每一次的垂钓，人生感悟每一次都会不同，一百次的垂钓，会让你感悟一百次不同的人生！

大山的胸中也隐藏着大山。山中的山，有树木，有山峰，山脚下也有溪水。

湖水蜿蜒曲折，盘绕在山间，载着夕阳的波鳞，沿着峡谷而去，淡淡隐在大山丛中。

手中的渔竿，挥舞了我几十年的人生，它，不再只是一支竿。

二库黄昏

路途中为修路劈开的山脉

秋风·秋凉

——五赴二库竹排浮钓

2010.08.14（周六）

一立秋，就是几场雨，持续了整整一周时间。

初秋的这几场雨，让一夏天的狂热冷静了许多，让钓鱼人的心情也爽朗了许多。但遗憾的是，这个周日有事，不能远行垂钓。我和许勇昨晚相约，再去二库小钓一回白鲦。

早上8点多，我和许勇顺路接上小曹，送他到库区管理局值班。然后，驱车沿着雨后泥泞的山路到了后湾。在上次我们停车的树下，已停着两辆车，支着两个夜钓的帐篷，我们只好把车停在湖边的山崖上。当我们从车里搬钓具时，一个十三四岁的漂亮小姑娘从帐篷里探出头来，露出一截白色上衣，睡眼惺忪地打量了我们一番，就又缩进了帐篷。

昨夜里才歇息的秋雨，让漫山遍野的草木更葱绿，野花更娇艳。山枣枝繁结着的果实上露水欲滴，诱人馋涎。

我和许勇把小船划进湖中心的两个网箱的竹排钢架间，各占一侧竹排上，在网箱外的水面试钓。

我俩各把一头，各持一支3.6米的鱼竿，下竿不

初秋二库后湾

久，便分别上了几尾白鲦。许勇说："现在白鲦好大、好漂亮。"

我答道："是的，比上次我俩钓的'长'大了许多。"

钓着、聊着。渐渐，微风开始吹拂，湖面碧波荡漾，彩蝶蜻蜓飞舞。鱼"口"却愈来愈稀。

但天气很凉爽，我俩聊的兴致也很高。

聊钓鱼，许勇向我谈起他表弟在新西兰留学时钓虾的爱好。

我们一道回忆那风雨飘摇的垂钓经历。

我们一起谈论着我们当年亲密的钓友大正。我们聊了好久。

我问："自去年底大正结婚后，我们极少见面，他现在可好？"

许回答："结婚后，大正两口子形影不离，连上班老婆都跟着，看来以后大正是钓不成鱼了。"

……

风大了，上下起伏地卷来。

竹排颠簸晃动得愈来愈剧烈。

蓦然抬头，云被风吹散了，吹走了。天空一片纯蓝。太阳也开始吐出秋日火焰，炙热烤人。但，风大，无法撑起伞来。

那就裸露着让秋日曝晒一场吧，大不了，让我脸上的古铜色更深重些。我心里想着。

我对许勇感叹地说道："不管怎么说，大正再不用像我们一样，在风里雨里漂泊，他终于找到了一个安逸的归宿，我们应当为他祝福啊！"

天空的云尽了，没有故乡的云远去了，风送来了远山秋蝉的绝唱。

风向变换，风力更强，水流也极快。好不容易抛出竿，鱼漂上下起伏着很快就被冲出几米之外。

许勇愤愤嗔怒道："这风，简直不让人钓了！"

山风呼啸贯耳。山崖上的老树被风刮得垂弯了腰，披头散发似的。

我站起身来，让风迎面吹彻而来，对风吼道："刮吧，不怕你刮得再大些！"大不了，让风把肌肤磨砺得更粗涩些。我心里又想着。

竹排像巨涛上托起的轻舟，让人欲站难立。脚下，可是三四十米的深潭呵。

矿泉水,和许勇又闲聊起这风。

突然,许勇指着湖边,让我去看一幅非常恬淡的画面:

湖岸尖凸处,早起见到的那位女孩,穿着白色的上衣和白色的短裤,赤脚坐在水中的钓椅上,撩着碧清的湖水,悠闲地洗着绢帛。小姑娘的身上,荡漾着阳光、荡漾着列列秋风,荡漾着碧水清波。

"那女孩可要小心呦,水深很危险的。"我不无担心地对许勇说。

"没事,那片水底平坦,水很浅的。"许勇回答了我。

白衣的小姑娘一会儿爬上坡,把洗净了的绢帛晾在树杈上,一会又回到水中,赤脚弯腰,在水中洗起头发。然后,把水拧干,站立水中,舒展开双臂,似乎承接着秋风吹来的阳光,让一头长长秀发在风中飘逸着……

下午3点多以后,风渐小了些,被洗净了的天空中,虽然转移到西面的阳光依然明亮,但,显然凉爽了许多。只要风浪小些,就会有些鱼"口"。我和许勇转过身来,开始在背后的两个网箱间垂钓。小船,依然在我们俩的竹排间,像我们之间一个安全的小岛。

秋凉中,大约4点钟左右,正当频频上鱼时,我的手机响了起来,单位需要安排明天一早的一件急事。此后将近一个小时间,我一个一个电话打着接着。许勇一条一条的鱼上着,一会儿一尾白鲦,一会儿一尾鲫鱼,还拖上来一尾鲴鱼。这阵电话,贻误了我许多机会。

湖边洗发的白衣少女

我还是顽强地撑稳身体,傲立风中,脚踏波浪滔滔,好似在风浪尖上前行。我心中感慨地诵着:

风吹,这秋风在荡平我人生征途的羁绊;

风吹,这秋风让我增添脱胎换骨的豪迈!

……

"反正现在也钓不成了,也都1点多了,干脆吃东西吧。"许勇打断了我当时激情涌动的遐思,给我递过几个包子。

我重新坐在钓箱上,吃起素馅包子,就着风,喝着

安排好最后一件事，太阳也快要躺在西面的山巅上歇息了。

初秋的黄昏凉意清爽，湖面也平静了许多。这时候，基本上下竿就有"口"，只要把鱼漂打到钓点，很快漂就会被瞬间拉入水中。我和许勇一尾一尾的上大白鲦，还经常双尾地上。我也钓上了几尾鲫鱼，甚至还有一竿双尾鲫鱼。

当我贴近网箱外的鱼漂一次轻轻地下沉间，我扬起了竿，渔线"吱吱"作响，绷弯了竿梢，终于我也用上了支好一天的抄网，擒获了一尾花鲢鱼。

没有云丝的天空，刺眼的夕阳快要落山了。经历了一天的风吹日晒，在这凉意爽爽的黄昏，加之"口"又这么好，让人更感无比惬意。

"已经快7点了，小曹是不是着急了，下了班等着我们一起回呀？"我看了几次时间对许勇说，他都无动于衷，装作听不见。最后我对他宣布："一人再下一竿，收竿鱼。"

这下许勇没办法了。

我最后一竿仍贴近我这侧的网箱，当漂竖起不久后，又出现一个稳稳的下沉动作，我抖腕扬竿，以一尾二两多的金黄色野生鲫鱼收获为今天的垂钓画上了句号。

划着小船到了湖边，我们背着钓箱，拎着沉甸甸的渔获攀上了山崖的停车处，白衣小姑娘朝着我们姗姗而来，关注我们的钓况。

我问："你们多会儿来的？"

小姑娘眨动着大眼睛，看着我们的渔获，回答："昨天一大清早。"

我又问："半夜冷不冷？"

小姑娘略微思索了一下，回答："还可以。"

再问："准备多会儿回？"

小姑娘又看着我们匆匆收拾渔具的样子，似乎很骄傲地回答道："我们今晚还要夜钓，明天下午才回呢。"

不行啊，我们还有事，需要赶紧回。我心里无奈地想着。

我们到库区管理局接上小曹离开时，夜幕已经开始降临。

山谷间，秋凉沁人。

盘山路上，我眼前依然晃着白衣小姑娘楚楚的身影，那飘逸在秋风中的秀发。

秋燕迎风戏摆柳

2010.8.21（周六）

一夜滂沱大雨，清晨，时紧时慢地还在下着。

6点半多点，我在路上给老梁拨通电话，老梁睡意朦胧地在电话中呢喃："我正做着梦咧。我梦见你对我说，下大雨时，鱼口好，能钓上大鱼。"

我打断老梁问："雨仍然挺大，你还去吗？"

老梁清醒了，回答道："当然去了，不就下个雨嘛！"

接上老梁，我俩一块儿吃了早点，冒雨驱车去了郊区的一个池塘。

风狂雨骤，塘水已被搅得一片浑浊。密匝匝的雨柱，借着风力从天空倾泻而下，雨雾蒙蒙，堤岸的草丛水花四溅，水面开锅般沸腾着。风雨交加中，我穿上了雨衣雨裤，老梁撑着伞帮我搬钓具。风太大，钓伞撑不住，只好再收起来。我下竿时，老梁早已钻进车里躲雨去了。

穿过雨帘，水面的鱼漂模糊不清，我不得不随时擦去蒙在眼上的雨水，专注盯着漂的动相。

"口"确实不错，但都是不到半斤的小鲤鱼，只好放生。

钓鱼人无惧风大雨大，在大风雨中垂钓更让人

秋雨飞燕

钓情盎然。当我正沉浸在这大风雨中垂钓时，空中开始划出刺眼的电闪，仿佛是从远处的西山脚下迸发出的沉闷雷声，轰隆隆地，滚滚传来。我不得不赶紧放开手中碳纤的鱼竿，回到车里避一下。老梁缩在车里看着我在风雨中挥竿，当我回到车里时对我说："看你在大风大雨中钓鱼，确实别有一番情趣，特别豪爽。"

风更大了，雨丝渐稀。我和老梁商定转移钓场。

途中，被大雨洗净的路上，出现了成百上千只小燕子，它们在雨中，向着一个方向，迎风振翅，飞舞在斜柳枝条间。

这些春天的使者，秋雨潇潇的季节不久以后，又要迁徙南飞了。它们迎风飞舞，是将羽翅用雨水洗净，为了让羽翼更强劲，还是展开双翅去梳理被风吹斜的柳枝呢？我脱口而道："雨燕迎风戏摆柳呀！"

正在专注拍照的老梁一怔，慢慢重复了一遍我的话，沉思了一下，给我挑出毛病："雨燕是专门所指的一种小燕。"

我解释："我所说的雨燕，是指雨中的小燕子，要是不好理解，那叫成秋燕——秋天的小燕子总可以吧。"不管怎么说，我当时赞叹的是那些秋雨秋风中纷飞的小燕！

转移钓位后，雨"唰唰"地又大了起来，大风似乎吸走了空气中的热量，秋雨秋凉，凉中透着较强的冷意。雨水顺着雨衣帽檐向我脸上淌。上大鱼了，上了几尾二三斤重的鲤鱼，上鱼的喜悦中，我脑子里又萦绕着那些迎着风雨翩翩飞舞的小燕子，索性，我抹开雨帽，让风贴在耳边，让大雨痛快淋漓地浇灌，从头顶向全身浇灌吧！

164

秋天，我们又相聚在圪芦湖

2010.8.28（周六）

  上次，在圪芦湖垂钓结束分手时，沁县钓协会长老卫邀请我和长治市钓师老王、钓王老杨，秋天一定再来，共赏圪芦湖美丽的秋色。

  今早，我们如期而至，相约湖畔。

  圪芦湖的秋晨，水雾依然弥漫，缭绕着千姿百态的山形树影。湖面的晨雾中，充斥着浓郁的秋天气息，绿色重叠着绿色，绿色中点缀着红黄；朦胧糅合着朦胧，朦胧里穿透出神奇，还隐约飞扬着雁鸣鸟啼声。老王、老卫全然淡忘了垂钓，甚至连钓位都没选好，就置身烟雾裹袭间，端起相机，去捕捉起那扑朔迷离的幻境感觉。

  湖面的水位，比初夏时涨了一两米，淹过了我们上次垂钓的钓位和营地。湖边泛出了形色各异的水草和小花，在明澈水面浓抹出秋天的景色。温柔的湖水，宛如醉人的甘醇，耐人品味，溶化了岸畔钓鱼人的身影。

  湖岸边，还飘来一阵阵的z野菊花和芦花淡淡的清香。

  日出雾散时，山水明镜般洁净透彻，人们似乎才从梦境中醒来，开始忙碌起垂钓。

遛鱼

抄鱼

钓获

我在调漂时，就钓起一尾红鳍大马口。于是，我宣布，我今天的目标鱼就锁定在马口和鲫鱼。可没多久，出现一个轻轻下顿的明晰漂相，我随手扬竿，水底立即出现了猛烈的挣扎。我的钩小线细，只好起身遛鱼，左腾右挪，慢慢周旋，等着老卫支起抄网，帮我把鱼从水草边抄起。

老王见我上了一尾二斤多的野生鲤鱼，也宣布，他今天的目标鱼是大鲤鱼。

可是今天，大家钓起的大多还是马口和小鲫鱼。我钓了三十多尾马口和五六十尾小鲫鱼。

老卫钓起一尾一斤多的白鲢。

快中午时，老王扬竿，终于出现了弯弓，合钓双钩上，一尾马口，一尾一尺长的"川丁"（我在云竹常钓的"花鲴"）。老王兴奋不已，我过去也用相机给他作了见证。

只有老杨是最彻底的生态保护主义者，连钓点前的水草也不疏通，怕"破坏"生态。今天他钓起一尾小鲤鱼，但连续挂住水草跑了四尾鲤鱼。下午收竿时，老杨提起被水草挂破了的渔护向大家展示，他今天钓上的鱼全部"放生"了。

小卫今天仍做后勤保障。中午给我们送来一锅大米饭、农家大烩菜和一碗野菜。和我同行来的张华和小朱，一上午游览了沁县水乡风光，在湖边钓了几竿鱼后，赶上了这顿美餐。

正午秋阳，毒热。旁边已有钓友跳到清澈的湖水里"扑腾"去了。我几经犹豫，还是到湖边的小树林去小憩。

绿荫下，张华和小朱他们正在幽静的林间草地上闲聊。我铺上一张单子，躺在松软的草毯上，眺望着树林外的山湖风光，凝视着头顶浓密的枝叶间射入的几缕阳光，闻着花草的气息，听着湖面上鱼在水草中的游窜声，恬静间，汲取着天地间的精华，身心松弛地进入了梦乡……

耳边，"丁零"、"丁零"的牛铃声回荡在山谷、湖面、密林之间。我被张华一遍遍推醒，他怕我睡得时间太长着了凉。

我回到湖边的钓位时，天气开始凉爽起来，午休歇息后的鱼儿也陆续开始咬钩儿了。

慢慢地，感到了清凉。乌云压过来了，把从厚实的云团里射出探照灯般的太阳

光束遮蔽了，黛绿的山峦变得黝黑，湖面出现了短暂的幽静。

伴着微风，滴答的雨点落在湖面时，鱼开始疯狂地咬起钩来。雨滴落在微澜的水面上，溅出了一个个小圆，渐渐地小圆变成一个个大大的圆，一个圆满的句号。

雷声开始轰隆隆地震耳，浓密的乌云中，电闪又划亮天空，在空中划出一道长长的破折号。

霎时间，坨芦湖成了一个透亮的世界。

阵雨下大时，我们才恋恋不舍地收起渔具，带着一身被雨淋后的清爽，告别了坨芦湖，告别了秋雨中充满诗韵的坨芦湖。

坨芦湖畔

老王钓起一尺长的"川丁"鱼

还在狼吞虎咽

阵雨来临之前

秋钓莲池

2010.9.4（周六）

　　早上8点多，到了清徐县玉良的莲池。抽出"名伦"3.6米钓竿，拴好1#主线、0.8#子线、4#伊豆钩，插上专门买的5目短漂。调底水深只有三十多公分。

　　一支小竿，一丝细线，一人独钓莲池一角。

　　十亩莲池，只有几朵粉红和淡黄的残荷浮在水面，大多的荷叶已开始衰败，被一层密密匝匝的浮萍拥挤着。

　　顶着小风，小心翼翼地下钩，怕挂在荷叶茎上，还要躲开密实的浮萍。抽了几竿后，鱼漂就有了信号，开竿钓起一尾二两多的野生鲫鱼。

　　钓上五六尾后，空气似乎凝住了，一点风也没有，密密的浮萍又聚集过来了。肯定是这些浮萍把水底遮得漆黑，水里也缺少了溶氧，反正鱼是一口也不咬了。

　　天阴蒙蒙的，湿气袭人。虽然没有一丝丝风，但还是有些阴冷，我套上一件夹克，站在岸边。一眼望去，密密的浮萍，在平静的塘面，像是刷上了一层浓浓的绿漆，根本让鱼钩无法落到水底。我坐在钓箱上，点燃一支烟，无奈地望塘兴叹。

　　突发奇想，在三十公分的水深中钓半水试试，把漂向下撸了五公分。果然有效，还真有几次轻缓的鱼口，只是中鱼时容易挂钩，后来干脆用单钩钓。

　　不好下钩不说，鱼漂的信号也不准确。每次重新拉饵时，都要仔细把缠在钩和线上的浮萍和细丝的根须清除干净。

　　——我真的觉得这些浮萍很讨厌！

　　你看人家莲荷，把根深深扎入淤泥中，无论风雨，都顽强地固守着自己的阵地；不像你这些浮萍，根须在水中随风漂移，没有立场。你看人家荷叶，承接着阳光和风雨的滋润，把养分聚合起来，无私地输送到根底；不像这些浮萍，肆意地分

裂生长，拼命地用根须和莲藕争夺养分，而仅为一些虚荣。你再看人家莲荷，茎叶虽已开始衰败，仍傲然挺立风雨中；不像你这些浮萍，叶虽翠绿，根已经开始腐朽。

莲荷也有春天尖尖的嫩绿、夏日荷开的风采，但它总是在默默地追求着自己的价值——奉献一弘不染淤泥的白藕。浮萍虽然一生繁茂热闹，但瑟瑟秋风之后，它最终的归宿是腐烂——全部沉于污泥。

风吹起来，浮萍被吹走了一片，我赶紧下钩，鱼又有了口。雨潇潇下起来，愈下愈紧，水面净了许多，鱼咬钩愈来愈勤。

下午5点多，风停雨住。

浮萍又从四面八方聚来，掩满了水面。残破的荷叶，却托着晶莹的水珠。

收竿起身后，我活动一番酸困的老腰，仔细数了一下渔获，四十五尾二三两的野生鲫鱼，有两尾四两半斤的。

从堤岸迈下去的脚步，感到扎实了许多。

独钓莲池一角

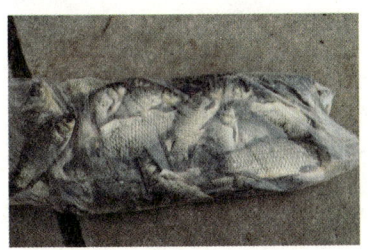

在莲池钓获的野鲫

给我一缕阳光吧

——庞庄水库垂钓琐记

2011.6.25（周六）

  阴冷，似乎不再是从体外侵入，而是从心脏向周身散发。双手背和露出的手腕部位，都被冻起了一层厚厚的风疹，使整个手和手腕像肿胀般。坚持，再继续坚持一下，我心里不断地鼓励自己。挂饵，抛竿，鱼口这会儿反而挺好，虽说钓起的都是一拃多长的马口白鲦和二三两的鲫鱼。

  伴着吸气，牙齿叩动的频率愈来愈快了，全身无法控制地剧烈颤抖起来，我感觉，身上的血液仿佛开始凝固了吧。我僵硬地摸出手机，向躲在车里的老梁求助，请他帮助我一件大衣。

  即使一件破旧哪怕是脏兮兮的短袄，快拿来帮我遮挡这冷雨风寒吧。

  风，夹着冷雨，刷刷地向身上扫着。浪，卷着白沫，哗哗地冲击着脚下的岩石。峡谷上空，厚实密布的乌云翻滚着，涌动着，透着逼人的寒气压头盖顶地过来。看这势头，一时半会儿不会消停下来的。这始料不及的阴冷，比我这些年冬钓时遇到的严寒都难以抗御。

  早起，我穿上一件旧的短T恤，专门套上一件夏天的钓鱼马甲（这会儿想，当时如果穿上那件冬钓的就好了），到了库区，下车后感觉有些冷，就把随手带来的海钓雨衣穿上了，可忘了检查一下，没带上雨裤。

  谁能想到，大夏天的，前几天还是三十五六度的炎热天，现在我却能被冻成这样。我昨天还查了天气预报，太谷县阴有小雨，气温在12—17摄氏度。尽管庞庄水库远离县城十几公里，坐落在几百米高的山谷间，但怎么也想不到温差会这样大。

水库大坝

灰蓝幽静的湖库

在桦犁尖钓位挥击苍凉

阳光下笑容灿烂

我的身体颤抖得愈来愈剧烈了，急切盼着老梁快点儿送来一件寒衣，或者，天空赶快开个口子，向湖面射下一缕阳光。

好像过了很长时间了吧，怎么老梁还没动静，我将电话又打了过去。

老梁告我，在水库大坝管理站转了两圈都没找见个人影，劝我还是收竿回吧！

回？我似乎未加思考就回绝了。收起手机，我想，因为单位极其繁忙的工作原因，我今年几乎没有好好摸过竿，好不容易抽出这一个整天的时间，就因为这阴冷而撤退？

但，这阴冷，确实把我冻得无法忍受。整个单裤都湿透了，脚上肯定也都起满了风疹。腿脚，痛痒得已经开始麻木了。

清早来时，看到的灰蓝幽静的湖库景色，现在已经没有诗情画韵的感觉了，清澈碧绿的湖水和山谷翠绿的林木，在眼前已成了模模糊糊的一片。

坚持，继续坚持，我感觉已经快坚持到了磨砺自己毅力的极限了。我突然想起，车上好像有一张防潮垫，我又给老梁打电话，请他我见帮我送来。

酷暑炎热，渴望有一阵凉风吹来；阴冷风寒，却期盼有一缕温暖阳光。这会儿，我最需要的，哪怕能有一件褴衣陋衫。

好像过了很长时间，老梁终于从高竿的库坝方向露出头，沿着蜿蜒的山坡走来。山崖很陡，湖水很深，天又下着蒙蒙细雨。我向远远走来的老梁高喊注意安全，喊声随即便被呼啸的山风湮没。

我继续坐在桦犁尖的钓箱上，用3.6米的钓竿，

将饵抛在三米多深的水底，似乎我见了踏实的感觉。

老梁好不容易挪腾到我的钓位旁，没想到一见我的脸早已被冻成紫黑色了，二话不说，就打开防潮垫赶紧帮我裹在身上，并将他的帽子扣在我头上。然后喃喃道，只有你们这些钓鱼人才能遭起这种罪。

是啊，钓鱼人并不是人们想象的只要有耐心就行，确实是经常在找苦吃找罪受，在吃苦受罪中磨砺自我战胜自我。我无数次垂钓，无数次融于大自然，就有过无数的不同体味和感悟、有过无数次的自我挑战。

阴风冷雨不经然间平静下来，厚云稀薄了，对岸苍翠清晰了，湖面碧波轻漾。身上逐渐暖和了许多，水面的浮漂开始活跃起来，上下跳动着，扬竿、刺鱼、摘钩、挂饵、抛竿，我一边娴熟地重复着动作，一边和老梁闲谈着垂钓益处。

就我们这个年龄而言，我对老梁讲，盯漂，除了是在练眼，将来老而不花外，而且是一个凝神静气、心无杂念的过程，有益身心；判断漂相和扬竿，是在炼大脑反应，将来不会老年痴呆，而且是在做一套优雅的肢体运动，有益身体；至于有无中鱼，垂获多寡，是在磨炼自己的性情和心态，有益情操。总之，置身大自然，融于大自然，感悟和境界升华，是在垂钓中的修炼，也是人生中的修炼。

老梁频频赞许。

庞庄水库，一个不算太大的水库，是供太谷县的饮用水源。几百亩水面，几千万立方米的蓄水，水质清澈，环境优雅，正在蜿蜒山谷间向人们展示她的魅力。

一天渔获，十几尾鲫鱼、几十尾白鲦，不算很多。冷风雨后，湖边垂钓的人，已经寥寥无几。

蓦然仰首，山峦巅，飘荡的黑灰色云雾淡了，从云雾间穿透射下的一缕阳光，折射在粼粼的水面，却暖在心窝里。

夏钓清潭

2011.7.10（周日）

7月9日下午3点多

向浮山县城边三岔口的西南方向驶去几公里后，便进入了一片旷野，车载导航除显示了一下小郭村外就再无任何标识。油路变成土路，土路渐渐也没有了，车，顺着莽莽田野间车辙印的小径行驶。最后，连小径也没有了。在小郭村杨村长的引导下，我们在荆棘草丛中继续向前行进。车，仿佛从原野走进了荒漠，继而，一望无际的旷野忽然间走到了尽头似的，还算平缓的垣地前出现了一片沟壑，陡峭崖壁，植被树林愈来愈茂密。我紧握方向盘，小心翼翼地沿着三四十度坡度的、七拐八弯的山谷隙间向沟壑底行进。终于，"路"走到了真正的尽头。

眼前豁然一亮，谷间现出一汪潭水。

这就是我们的目的地，一个没有名字的水库。

上午8点从太原出发，三个小时，二百四十多公里的车程，我、阿男、老梁和临汾的钓友小琳、老闫、指郑相聚县城吃了午饭后，开始从喧闹的城里走进这荒无人烟的原始沟壑，脑子里立即空了一

壑底谷口

切,满眼里染透原始的绿色,耳畔充斥着野鸡和山雀的叫声,扑鼻而来的黄土纯净醇香的气息让人醉了……停好车后,我们纷纷搬出钓具,便顺着杨村长手指的沟底的水库方向奔去。

心,早已飞向那潭清波。

但,这哪里是想象中的水库,分明沟壑环抱的一汪碧水,一片原生态的渊源潭水。杨村长介绍说,这水来自地下的泉和沟壑汇集的雨水,水面虽几百亩,但深处却有七八米深,方圆数十平方公里荒无人烟,水里的鱼自然是最天然最野生的。

杨村长走后,我在一片原始的小树林下选定钓位,先将昨晚在家蒸好的豆粕小麦玉米糁并加药酒发好的基础料取出,与泡开的颗粒饲料等混匀,开好一大盆钓饵,分给其他钓友,然后拿出4.5米的竿在两米五六处找到水深,挂上饵试调。我下第二竿时浮漂就出现了讯号,钓起一尾二两多的白净的鲫鱼,时间大概是下午4点左右。此时,正是开始上鱼的时机,我抓紧挂饵抛竿,一来就赶上连竿。上了四五尾后,抛出的浮漂不住起竖,我抖腕扬竿,拽起了一条截口吞钩的足有二两重的大白鲦。此后,顿口小鲤鱼,送漂小鲫鱼,洋洋洒洒一个多小时,估计至少上了三四十尾。

阿男的钓位似乎也不错,频频扬竿;老闫在相距百米的小树林下持竿,悠闲"打坐";指郑在离我不远的山坡树下乘凉,用粗线大钩专候着大鱼。我转身看着指郑那番原生态赤裸"装束",心想,这形象倒与见不到人烟的原生态环境相辅相成。这时,我才感到,这天气确实很热,四面环山的水面平静如镜,没有一丝风,身上早已是涔涔汗水了。忽而,我又发现,老梁和小琳早不见了踪影,肯定是钻进哪片密林丛中避暑去了。

几次,我想跳进水中畅游一回,无奈,鱼口频频,而且钓起的多是二三两的野生鲫鱼,还有四五竿双尾。

黄昏时,身后和对面林中的野鸡和鸟雀的叫声更加活跃起来,我一边垂竿,一边观察着托着长长斑斓尾翼的雄性野鸡在山坡和树杈间与短尾灰衣的雌鸡嬉闹,还有许多叫不上名字的雀鸟飞来窜去地欢啄。在原生态的渊源谷间,伴着鸟啼虫鸣弹奏出的原生态的乐声垂钓,让人陶醉在梦乡一般。

细微的风吹起,丝丝凉意刚令人感到些惬意,草丛中的小蚊虫就开始围着人叮

咬起来。阿男大呼小叫不停地咒骂着，这时，我才发现我的胳膊上也被攻破了几个"山包"。

估计我的钓获已经上了一百多尾了。我和阿男商量着，把鱼护留在水里，第二天早些来接着钓。

7月10日凌晨5点前

天亮前，我和阿男、老梁就到了沟底。老梁帮我们把钓具搬到钓点，因早晨的蚊子攻击更凶猛，他干脆钻进车里睡回头觉了。

小琳昨晚有事赶回了临汾。原本想让老闫和指郑睡到自然醒再来，我们4点多就悄悄动了身，没想正当我和阿男组装钓具时，他俩后脚跟着就到了，嘴里还向我们唠叨着，虽然他们钓技不行，但起早的精神还是不差的。

黎明的曙光，伴着鸟儿离巢远去的晨歌渐渐淡远。山形树影倒映渊潭，清潭映照身影，思绪仿佛融在碧水之中——这一汪甘醇的清潭中。依山傍水，挥竿神游，今年来，不易得来的这次垂钓，一尾尾银白的小鲫，一尾尾金黄的小鲤，终于忘我尽情，身心得到一次彻底放松。眼前，那一片山，一株树，一叶草与一泓清水都透着悠然野趣。

快晌午时，山谷间空气似乎凝住了，沟壑里没有一丝风，树梢枝条纹丝不动，几十只小燕贴着水面飞来掠去。雨前气压骤然降低，鱼口渐稀。

按约定，钓至中午，我们开始收竿。当我从水中拉起渔护时，才感吃力，估计总获有三四百条，四五十斤。阿男战绩也不错，估计尾数也近二百，

碧水游丝

山坡乘凉

午间小憩

老闫一上午钓起三四十尾,指郑昨天下午和今天上午分别实现目标鱼,共钓起两尾一斤半的"大鱼"。

老梁端着相机让我们欣赏抓拍的远岸伫立的野鹤。

满载喜悦,依依不舍地zz离开原始的沟壑清潭,又要面对现实的世界,心底却坦然了。

车,爬上了沟壑山垣,驶出了旷野小径,驶上了县级公路,驶上了高速公路。

路,愈来愈平坦,愈走愈宽广。

神清气爽,心里自豪地唱起,我们从远古走来……

我的总渔获

沁县夏钓的况味

2011.7.31（周日）

初钓徐阳水库

与沁县钓协老卫相约，昨天我和阿男一早就到了徐阳水库。水库坐落在新店镇的徐阳村边，水面有五六百亩，侧面沿村边公路高耸的杨树堤，对面是连绵的小山和树林，湖水涟漪，环境幽雅。

昨天一整天的暴雨，将天空洗得碧蓝，禾谷树木枝叶纤尘不染，空气清新沁人。清晨，鸟鸣声脆，绿波轻漾，湖面萦绕的薄雾散尽时，我们才发现钓位的对岸草滩上早已有几个钓友支竿垂钓。老卫说，那些人中有长治来的某某钓友，他们常到此垂钓。

水库鱼的密度不小，鲤鱼草鱼鲫鱼和白鲦一竿竿飞出水面，像在混养塘垂钓，只是个头小些，鲤鱼多是半斤八两重、草鱼大的也不到一斤，反而白鲦比其他水库钓起的大，大的有一二两重，钓起后，扑棱棱地，在阳光下银光闪闪的煞是喜人。我们仨人只好边垂钓边放生，把小鲫鱼小白鲦收入护中。偶尔，我钓起双尾，一鲤鱼一鲫鱼或一草鱼一鲫鱼，我随手放掉鲤鱼或草鱼，把小鲫鱼留下。我

徐阳水库钓位

彼岸隐绰的钓友

对阿男宣称今天的垂钓是在"留小放大"。但我们大家都明白，这样做，是为了明天能钓起的鱼更大，或者说，明天能钓到更大的鱼。

太阳高照时，村里的狗叫鸡鸣热闹了一阵子，不知从哪里钻出几只野鸭浮在水面闲游，白灰色的渔鹳或漫步湖边，或从水面掠过，或在湖岸荆棘丛树林中攒动，水面不时有鲢鱼旋起的水花。我们仨在钓伞下，闲适地沉浸在垂钓中，悠然地品味着自然风光，时间不觉飞逝而过。

黄昏时分，老渔鹳嘎嘎的叫声贯耳，百鸟归巢使山林喧闹起来，我们将所有的鲤鱼草鱼放生，我剩下的鲫鱼、白鲦大概有七八斤。一边收竿，我们一边开始商定明天的安排。

作为北方水城的沁县，徐阳水库是十一个水库中不算大的一个，但环境好，垂钓得也开心。明天继续在此垂钓还是去一个没钓过的新水库，闲聊间，听老卫提及圪芦湖被什么人开发在修建什么高尔夫球场。一种莫名的涌动，我提出去圪芦湖看一看。

再赴圪芦湖

看见湖面时，东方天际的一抹朝霞很快被蜿蜒的山麓挡住了。一些巨大的"莱茵湖郡"商业广告牌和林立在建的楼宇厅堂赫然眼前，错落在湖的沿岸。我们背着钓箱，沿着湖岸半岛的山脊，向对面龟背山方向攀去。

漫山遍野盛开着各种野花，争芳吐艳，齐腰高的玉米谷禾秸秆上，缠绕着盛开的紫色、粉红和白色的牵牛花，它们疯狂地生长着，在谷禾根部的土壤中掠取着水和养分。

圪芦湖黎明的幽静很快就被打破，当我们在半岛的岩边支好钓位不久，此起彼伏的机械声便轩然而起。伴着大型挖掘机铲隆隆的轰鸣，茂密绿色的植被，被推出成片的黄土，在山的脊梁，远看去，就似呻吟的创伤。我们去年对岸垂钓的营地，早已被开发商占领，修建着旅游度假的馆宇。我脑子几乎出现一片空白，许久，才平静下来。我好像看见眼前鼎沸的人群踏践着原始的绿色，各种生活垃圾在向湖中排放。眼前碧绿的湖水中，似乎蕴藏着一种悲凉，明天，这湖水还会这样清纯甘美

吗？今年夏天山花虽然烂漫盛开，但似乎早已失去往日的芬芳和娇颜，而花残败的冬天，圪芦湖还会那样壮丽吗？

满目怅惘，迷茫。原生态的圪芦湖将不复存在——一种沉重的忧郁和无奈。

10点钟，我和阿男开始收竿。我静静地捡起钓位旁的烟蒂，放进装废弃物的垃圾袋中，然后，提起渔护，将钓起的几尾小鱼倒入湖中放生。我想，我能为圪芦湖做的，可能也只有这些了吧。

正在开发的圪芦湖畔

望湖兴叹

陪儿子练车

2011.8.31（周日）

  时光荏苒，儿子已经大学毕业了。再开学时，儿子就要读研究生了。儿子读研的事，纠结了我好一些日子——因为儿子上个学期在本校已经保了研，但之后又申请了香港两所学校的研究生专业并都接到了OFFER。我知道，自从儿子上了大学以后，我对他的事似乎都是自寻烦恼瞎操心的，因为儿子大了，这样的事也同样让他自己去拿主意吧！儿子也常对我讲，少操点心，有空多出去钓钓鱼吧！

  儿子大学毕业回来告诉我们，他的驾照也考上了。虽然儿子回家有好些日子了，但我们在家见面的机会仍很少。每天儿子都要开上他妈妈的车出门与同学相聚，当然，看奶奶也多些。今天，是周末，我和小彭联系好，再去趟浮山县的小水库钓鱼。昨晚下班后，我对儿子讲，让他跑一次长途，陪他练一次车。儿子答应后，我又对他讲，单程路途要二百四十多公里，为了掌握全面的技术，商定早上4点半就出发，这样可以练练夜路驾驶。

  今早，黎明前的夜幕中，我们驶入了高速公路，我提醒坐在副驾驶座位的小彭，不要打瞌睡，多提示一下儿子安全驾驶。而小彭上车没多久就开始夸奖儿子的驾技不错，不像才拿到本的。我反驳了小彭几句，强调多注意安全后，靠在后座就睡着了。

  其实，我心里有点底，儿子八九岁的时候我就开始教他开起了车。那时我想，男孩子淘气，爱瞎鼓捣，对什么也好奇，不如让他早点了解掌握汽车的性能，反而不会在车上多惹祸。有一次，也是周末，我带儿子去他妈妈单位的操场练车，碰见一个渔友，就坐在一块儿聊起了钓鱼的事，很快就忘了自己是来干嘛的了。过了一会儿，一个熟人神色紧张地跑来，告我，他见操场上跑着一辆没人驾驶的车，跑到

近处一看，车窗前露着个小脑袋，原来是我儿子在偷着开车呢，让我赶快去管管他。我告朋友，是我让儿子学车呢。朋友非常诧异，责怪我太胆大，也不怕出事。我却嬉笑地对朋友讲，男孩子，胆大些不是坏事，只要做人做事不要"出轨"就行。早点学会驾驶，也就早掌握一门技能。

……

脸上感觉暖暖的，我舒适地展了展身子，睁眼一看，天已放亮，路旁的丰硕果园与田野秋禾沐浴着明媚的朝霞，令人心旷神怡。车，还在高速路上奔驰。我提醒儿子放慢车速，一会儿下了高速还有四五十公里就到浮山县了。心里想，这会儿，要在水库边，也该是上鱼的时辰了。

按照导航的指引，穿过临汾市区，7点半多，我们顺利地到了县城边，由于前几天下大雨，我们的车下不到沟底的水库，于是我们把钓具搬到小郭村杨村长开来的皮卡车上，把我们送到水库边。

崖边和坡上树木草丛茂密，酸枣树叶上托着晶莹的露滴，枝条结满翠绿的小枣，诱人馋涎。俯瞰脚下，沟壑底蜿蜒水面，倒映青山，一派静谧。沿着小径，我们背着钓箱到了沟底的水边。儿子开了一路车，确实辛苦，我托杨村长找地方安顿他休息休息，看看书。约好，天黑前，让儿子来接上我们返回太原。

又来到风景如画的世外桃源，心弦随鸟语花香放飞。平静幽蓝的水面不时被鱼跃旋起水花，小彭兴奋不已地称赞这里的环境之美，鱼儿之多，令人陶醉。

儿子随我下到沟壑底

水库山坡的密林

  我仍在上次的钓位支好鱼竿，但选择钓具有些小失误，今天用的是一支3.6米的竿，没有上次用长竿钓的效果好，钓上的大鲫鱼不如上次多。尽管如此，也非常尽情。小彭更是欣喜若狂，早早就突破了三十尾的目标钓获。

  午饭过后，酷日当头，天气炎热。鸟儿婉转的山歌停歇了，随之，草蝈蝈嘶哑的鸣声此起彼伏，遍布山谷。强烈的阳光，穿透着钓伞，蒸烤着周身，汗水顺着脸颊不住地淌，脚边三瓶水早就喝光了两瓶，剩下少半瓶严格"控制"，准备打"持久战"。我甚至联想起影片《上甘岭》烈火熊熊燃烧的场面，体味着炙烤和干渴的滋味。

  钻进密林虽然躲避了阳光的照射，但没有一丝风，仍感闷热。终于，小彭净身跳进了水中畅游了起来，撩起的水花好像也给我心头带来一丝凉意。

  夕阳开始下沉时，天凉爽起来，鸟回巢又开始欢唱起来，鱼也开始活跃起来，当我们正频频挥竿上鱼时，儿子回来接我们了。我才想起，我今天的任务是陪儿子练车来的，于是，不得已开始收竿。

  载上还算不错的渔获，也带着炙烤了一天的疲惫，儿子驾车从旷野小径，上了县乡小路，上了国道，乘着夜色，穿过临汾市，终于驶上了宽阔的高速路。我不知不觉又进入了梦乡。

  儿子大了，今后的路怎样走，他自己选择吧。

  我想着，儿子对我的寄望，少抽烟，多休息，有空多钓钓鱼。

博草擒鲤记

2011.8.28（周日）

27日多云、17—30度

周六早上8点我和小彭开车，与钓友彦军、小孙相约到襄汾县中午吃一顿美味的羊肉锅仔，然后到七一水库上游的一个小水库垂钓。路上，我对小彭讲，这两个朋友都是专业级的钓手，去了要好好向他俩学习。

彦军和小孙的车比我们早两分钟上了高速，我让小彭将车速控制在一百一二十迈行驶，谁知跑了一百七八十公里了才见到他俩的车影，原来彦军到襄汾垂钓轻车熟路，哪有弯道哪有测速心里清清楚楚的。10点半前，我们就到了襄汾县城与当地钓友老泽汇合了。

午饭时间还早，连汤带水的从小饭店买了两份羊汤和几个烤饼子，彦军车上带着炊具，干脆到了水库再野餐。

半个小时后，我们便到了水库，一看到碧水清波，鱼跃水面，大家的心早被撩动得急不可待了，谁还顾得上吃饭的事，纷纷选择钓位开饵调漂忙乎起来了。彦军、小孙和老泽跑到与七一水库相隔的

"七一"水库上游的草滩

大坝下摆开战场，手竿、海竿和地绷子一字排开；我和小彭看好湖库一个成荫的水湾处，一人一支手竿开始战斗。

挂饵调漂时，便有"吃口"，连连扬竿都是些四两半斤的小鲤鱼，只好边钓边放生，连续半小时放了十几尾，一尾挂斤的也没上，并且时不时扬竿挂到头顶的树枝上。索性，我和小彭开始想法清理上空的障碍。折腾了一个小时，俩人累得满头大汗，重新施钓，仍是小鲤鱼苗子。这会儿，远处大坝下的小孙中了一尾四五斤的草鱼，三个人忙了半天，将鱼擒获上岸，但放入渔护时，鱼却挣脱跑了。不久，彦军又钓起一尾两斤多的鲤鱼。

远隔一两百米，彦军、小孙呼唤我们转移过去。

刚刚清理好的钓位，汗还没落下，我和小彭只得收起钓具将车开到坝上，在他们仨的钓位西侧重新支起钓位，我坐在最西端。

曲折弯绕的二三百亩的水面，岸边荆棘丛生，树木成荫，只有这百十米长的大坝裸露在如火的骄阳之下。再次抛下竿时，又是一身的大汗。

这一侧的水浅得多，只有一米七八深。打好钓点，我找出毛巾正在擦汗时，浮漂一个下顿，我以为又是小鱼，随手一扬竿，水底一阵猛烈冲击，竿没竖起就"拔了河"，只见水面旋起一簇水花，"啪"的一声子线就被切断了。

虽然没见到大物的面，但心中却是一阵窃喜，这里小鱼闹腾得少些，还有大鱼出没。

我抓紧换上一副大一号的钓组，搓上小枣大的双饵，抛到钓点。彦军在大坝一块平台处支起了酒精炉灶，将买上的羊汤倒在锅里煮沸，为大家准备午餐。

湖岸边弥漫着诱人的肉香，这时，已过中午1点半了。

彦军叫我们去吃饭时，我的浮漂有了信号，这一次，我绷住了竿，左腾右挪，终于钓起一尾三斤多的黄尾大鲤。带着满心喜悦，我和大家凑到一块儿，盛上一碗羊肉汤，夹上一个烧饼，掰一段黄瓜，一边有滋有味地吃着，一边津津乐道地和钓友们品味着博大鱼的乐趣。

正当大家兴致勃勃地小憩聊天时，小孙的海竿报警器鸣响了，瞬间，他冲向三十米开外的湖边，扬竿收线，串钩上钓起一尾六七两重的银白大鲫。于是，大家又开始返回钓位投入战斗。

我们垂钓的阵营

下午,小鱼明显闹腾得少了,彦军、小孙和老泽都上了三斤以上的草鱼了。我也很幸运,不久也钓起一尾三斤多的草鱼,小彭用3.6米的手竿钓上一尾两斤多的鲤鱼。

我帮小彭抄鱼入护时,见他的子线切断一根,于是,我打开钓箱准备帮他重换一副脑线,这时,我竿架上的鱼竿一下就被拉入水中,我急忙抓住失手绳,将竿拉紧,还好,鱼还在。我拽着失手绳,将鱼顺势遛了几个回合,才抓住竿用力挺了起来。鱼在水中奋力挣扎,鱼线被拽得吱吱作响,抗衡了一番,终于将鱼拖出水面。我请小彭递过彦军的大号抄网,一手挺竿,一手持抄网将鱼抄住拖到岸上,这尾草鱼足有五斤重,肥硕硕的,把它放入护中还折腾了一番才渐渐老实了。

小彭今天格外兴奋,也上了一尾两斤多的草鱼。随后起竿不当形成"拔河",把大线也拽断了。当我帮他拴线时,我的竿又被拉下水,又是多亏拴着的失手绳,我抓住了竿,搏了几个回合,擒获了一尾四斤左右的草鱼。

此后我的手机频频响起,也怪,我认真盯漂时,漂纹丝不动,但一打电话或接电话时,就有大鱼咬钩。近两个小时,虽然跑了一尾鲤鱼一尾草鱼,但也又收获了三尾二三斤的鲤鱼和一尾三斤多的草鱼。此间,还正口钓起一尾三斤多的花鲢。

夕阳的余晖洒在湖面时,已有九尾渔获。

……

配合默契

8月27日的渔获

28日晴、18—30度

今早8点从县城吃了早饭，再到水库，准备钓到11点左右返回。大家还保持昨天各自的钓位，不过彦军、小孙只支起了手竿。

钓放了几尾小鲤鱼后，水中的浮漂寂静了一阵。大家安静地观赏着渔鹳和水鸟在空中水面翔游，尽情地享受着湖边的晨光。宁静中，我甚至梳理起明天上班后要开始做的一系列事情。但我仍注意到浮漂出现微微上升的异常，当漂慢慢下沉时，我猛然扬竿，水底又是传来一阵有力的挣扎。我挺住竿时，忽然感觉昨天臂膀遛鱼造成的酸痛，咬牙坚持与水底之物搏斗，一尾三斤多的黄尾鲤鱼被拉出水面，擒获入护。几分钟后，又是一口沉稳的拉漂，与一尾四五斤的草鱼搏了三五个回合，抄入渔护中。甩了甩酸痛的臂膀，我对过来观望战果的彦军说，已经上了一鲤一草，下一尾目标鱼锁定在花鲢上。然而，第三尾仍是一尾两斤多的鲤鱼。

太阳已经升至半空，天气开始炎热起来。四两半斤的小鲤鱼又拥过来捣乱了，大家只好一边钓一边放生。期间，偶尔钓起一尾七八两重的银白大鲫鱼。

快11点时，漂相有些乱了，不经意间，我真的钓上了一尾今天的目标鱼——一尾一斤半的花鲢，略带遗憾，我抄上岸后小心地摘掉鱼嘴上的钓钩，把鱼放入水中。看着收竿的这尾花鲢缓缓游入深水中，小彭在一旁说道，再长大些，明年我们再来钓你。

穿过水库边的树林和苞谷地，沿着沟壑间的土路我们准备返回太原，在一处崖边我们停下车来，摘一些开始红"眼圈"的野生枣子尝尝。

枣子很甜，很鲜。

野生山枣红了"眼圈"

长岛

——2011小钓

2011.10.4（周二）

南码头夜景

　　国庆假日，来长岛休闲度假的游人倍增，渔家乐老板娘小范忙得晕头转向。昨晚，我和小孙、小彭等一行五人与长岛钓友三姐夫约好今早5点出海垂钓，4点半我就把大家叫起来出了门，踏着依稀月光，迎着腥咸的海风，五六分钟就到了北城村边的南码头。

　　幽静的渔港，停泊着几十艘船只，我们从南到北转了两趟都没找见要出海的渔船。期间只有两艘捕蟹的船亮起灯，发动起马达驶离了码头。我掏出手机，给睡梦中的小范拨通了电话。小范呓语道，三姐夫和船老大4点半就打电话说就在码头等着咧，你们怎么还没到？我回答，我们早就到了南码头了，现在也没有看见一艘亮灯的船。啊！晕，晕，晕死了，小范似乎猛然清醒了，连连道歉，忘了说清船是在东码头发船的。小范赶紧又给三姐夫打电话，让他骑着摩托车来接我们。

　　好在两个码头相距不远，但这一折腾，半个多小时就又过去了。我们上了船起航时，天色开始蒙

蒙亮起，已经快5点半了。突突的马达声划破宁静的黎明，渔船驶入辽阔的大海，心情即刻豁然开朗，没有了任何抱怨。迎着海风，我在垂钓马甲外裹紧防寒外衣，同三姐夫和船老大交谈着今年垂钓的渔情。前方海面渐渐出现了小竹山岛和大竹山岛朦胧的轮廓。驾着14马力的渔船，整个航程大概需要一个小时……

海风忽然小了下来，前方圆弧形的海面和天际间射出了一抹红霞，转瞬间，大海边际吐出了一盘橘红的朝阳。船头劈开海浪，颠簸着前行，整个五六分钟的时间，朝阳腾空跃出海面，映红了海天。

在大海中航行，一览海上日出，远眺辽阔大洋，让人血脉喷张，激情涌动，此时此刻，似乎自己伸展的双臂都有一股磅礴之力。人，融入茫茫大海，虽显得那么渺小，但我却似乎已将大海纳入胸中，顿时升起一种旷达之感，什么世俗名利，什么忧心烦扰，皆荡然无存。大海，长岛的海，清澈的海，纯净的海，我终于又贴近了你，投入了你的怀抱。伴着耳边的海风声，听着哗哗翻卷而来的海浪声，在突突的马达声中，我似乎又捕捉到远海深处大海的心跳声，那声音来自矗立海面的千礁万岛脚下，那里，孕育着一种超然的力量。

我简直忘了出海垂钓的目的。钓友小孙初次海钓，却急切想听我介绍在长岛船钓的钓法钓技，并和我把一支支海竿的钓线组装好。

离小竹山岛和大竹山岛钓场近了，海鸥在矗立的两岛周围飞翔着，在波涛翻滚的海面上下起伏地浮游着。

估计已经头潮落到七八分了，海面开锅般翻滚着，渔船有时被颠簸倾斜成二三十度的角度，让人几乎无法站立行走，而船老大和三姐夫在波涛中却立若磐石。幸亏，我们几个内陆钓友上船前都服用了晕船药了。

船老大把着发动机的舵柄，在靠近小竹山岛找到海流停下了船，大家纷纷用手把式和海竿开始垂钓。我急切难耐，迅速放开摇轮，把二百克的铁坠迅速探到三十多米深的海底，但，还没调整好状态，铁坠就挂在礁岩缝隙间了。海流很大，船只很快就偏离了挂底的钓点，无奈第一竿就不得不切断大线，"卖"了一副钓组。小孙很快帮我绑好了子线和铁坠，可第二竿很快又被我"卖"掉了。这趟流连续"卖"了四副子线和铁坠，却没有钓起一尾鱼，而姐夫和船老大都钓起了七八两一斤的黑鲪鱼。当船第二次启动找流时，我坐在船上懵懂了半天也没省过神来。

第二次流中,我又"卖"了一副子线和坠,还是一尾鱼没钓上来。当时有点后悔子线和铁坠准备的少了些。我甚至开始怀疑自己的技术了。在第三趟找流的航行中,姐夫似乎在宽慰我,在颠簸的船尾对大家说,海钓就是一种(拼)搏,搏大海,搏风浪,搏自己的意志,搏人生的信念,钓不钓得上鱼的结果不重要,关键是一个搏的过程。

这理儿,实际上我也感受得很深的。不然也不会千里迢迢地来寻这番刺激的。

我长吸了几口气,平静下心境,认认真真地拴好一副新的子线,在两只钩上穿好新鲜的管蚯,做好下趟流垂钓的准备。

当渔船绕到小竹岛的南侧我到流熄火后,我开始小心翼翼地松开轮,慢慢放线找到礁底,顺着船体左右颠簸之势,有节奏地抬竿放线。收了两次线后,终于,从三十多米的水深处感觉到鱼有力的啄食。我果断扬竿刺鱼,摇轮收线,钓起了一尾七八两重的黑鱼。这尾开竿鱼,给了我信心,此后两趟流中,多少都能找到些鱼口。

9点多钟,平潮了,浪涌一排排冲卷着岛山下的礁岩,泛起一簇簇白色的水沫,海鸥也都飞到岛山上了。船开到小竹岛南侧背风处熄火抛下了锚,姐夫开始不停地招呼大家到船尾开始喝酒,体验一把渔民的生活。平潮了,钓起的也只是二三两的小黑鱼、小黄鱼和小"花媳妇",我也只好收好竿子,和大家围成一圈,剥根大葱,瓣开个青椒,蘸着面酱吃着馒头。

钓起的黑鲙鱼

大家就着大葱和生青椒,喝着啤酒,聊着天南

地北的大天儿。

　　置身海洋中，风吹日晒雨淋，虽然"渔民"的肌肤被磨砺得粗涩了，但历练得他们的意志刚毅，性格硬朗，气度慷慨；历练出他们大海一般宽阔的胸怀。远离人间喧闹，伴着潮汐起落的规律和浪涌波平的节奏，他们只渴求安逸宁静的生活，心态平和，有口小酒喝就更加满足，这是一种真正的人性的质朴。

　　这次来长岛海钓，简朴的一餐，却让我吃得无比香甜，因为这里的空气都是那样的纯净。

　　阳光隐在薄薄的云中，碧绿的海水透出浅灰色的神秘。多少回梦中在长岛垂钓，现在在长岛的大海中垂钓又好似在梦中一般。船在大竹岛和小竹岛之间北侧的方向开足马力行驶了一千多米，找流停后，大家又开始抛钩垂钓。往返几次，都有渔获。今天的二潮潮高在下午3点12分，1点多开始涨潮时，浪大流急，船颠簸得更剧烈了，但上鱼的个体也开始大些。有两趟流中，我分别连了四次竿，其中钓起一条一尺多细长的鱼，三姐夫告我这鱼当地称为辫子鱼。

　　船老大见大家二潮都纷纷上鱼，强调说他从吃饭后一条还没上呢，声称一定要钓一条大鸦片鱼补回来。当渔船向岛的西北方向跑出数百米找流后，果真他的手把式有了大鱼收获，连竿钓起了两尾二斤多的偏口鱼，酱红的脸上露出两排雪白的牙齿。

　　三姐夫也不含糊，紧接着喊道，他也上大鱼了，迅速收着手把式的尼龙绳，提上来一尾近三斤的老板鱼，兴奋地向船老大回击性地炫耀。

　　船上充满了欢笑声，不觉已到下午3点半了，进入平潮时段。当船靠近小竹山岛之间停下后，船老大问我们多会儿返航，我回答再钓上半个小时吧。说着，我的海竿竿稍点动了几下，鱼线从海底传来有力的拉动，我赶紧提竿收线，感觉有些分量，渔竿被绷成弧形，几个钓友的双眼都盯了过来。摇轮收线，挺了几次竿，一尾椭圆的海鱼被拉出海面。姐夫和船老大几乎同时惊叹，鸦片鱼，漂亮的鸦片鱼！

　　这就是传说中的鸦片鱼。虽说不是很大，但它对我这次执著的海钓也总算给了点回报，算是为今天收竿画上了一个圆满的句号。

　　返航中，我伸展疲倦的身躯，躺在船头的甲板上，仰望天空海鸥飞翔，听着大海的涛声，很快就进入松弛的梦乡……

我仿佛看到落满晚霞的幽静港湾,又看到明早千帆竞发去垂钓的渔舟……

船老大钓起了偏口鱼

三姐夫钓起了老板鱼

这就是传说中的鸦片鱼

我在竹山岛钓场钓获

千帆竞发

浮山，又浮于水

2011.10.16（周日）

　　自今年去浮山县那个小水库垂钓了两次鱼，那里便像梦影，时常萦绕在眼前。那山水的原始、古朴、天然的风貌和幽静的环境像画一般，如诗一样，又宛若悠扬仙曲。

　　我与小孙、阿男早7点就到了壑底的水库。我们轻声悄步地走近水边，环顾一番，便开始修整钓位准备施钓。水边的草丛中树林里，水鸟野鸭惊得扑棱着翅膀贴着水面游去或从空中飞向远处，对岸的野鸡也嘀咕嘀咕地喧闹起来。几只细长尾翼的红嘴山喜鹊一整天里贴着山腰和树梢飞来飞去，展示着蓝灰的羽衣。当我们挂饵抛出竿时，太阳懒得还没爬上山峦，水面一层厚雾飘荡，山形树影扑朔迷离，若浮水中。

　　我忽然有所联想，便问陪我们到壑底的杨村长，浮山县因何而得名？回答，正因此地山似漂浮而得名。相传尧当年建都平阳，即今日的临汾市，东依巍巍太岳，西临滔滔黄河，中部是广阔的河谷平原，汾河干流相临纵横南北。尧舜时期，黄水泛滥，洪水横流。尧王乘船向平阳东北方向视察水情，寻避水之地，行驶此处，船在滔水颠浮。尧见前方山形若浮，水高山高，水低山低，便问随从，前方那浮于云水之山为何处，众随从无一能答。大水退去之后，此地故命名为浮山。

　　而此时垂钓这山水间，阳光开始照射，山坳里半晴半朗，对面背阴山水间，层雾相隔，山恰似浮于水中。

　　秋雨连绵，水涨得有半米之多。我的4.5米钓竿，钓点水深超过三米多。阿男在西侧土坝处，水面早见到阳光，比我们也早开了竿，当他钓上三尾鱼后，我的浮漂开始有了动作，钓起一尾二两多的银白的野生鲫鱼，此后，鱼漂或沉或浮，鱼儿

山浮云水

沐浴日光

凝神静气

水库秋色

频频上钩,多是二三两的野鲫,有时还会中双尾。我叫远处动静不多的小孙将钓位迁移在我西侧的拐角处,小孙5.3米的钓竿,连连拉起野生的小鲤鱼。一天中,我连了几次竿,又歇了几阵"口",钓获野鲫至少也有六七十尾。

一日里,静心养神,气息平和,盯着水面浮漂,看着水中山移,悠悠然,钓水边,垂伦心境。日照当空,微风开始荡漾水面,荡得神清气爽,山浮我心不浮,风吹漂乱我心淡定,垂伦中我已醉心于这片世外桃源。

下午不到5点,太阳就开始坠向西南的山顶,金灿灿的霞光将山巅染上厚重的金黄,将秋林山谷涂上绚丽色彩。红色、白色、蓝色、黄色和各色的野花,朝阳绽开,迎风舞艳。

鸟雀载歌归巢,杨村长开着皮卡车接我们上了垣梁,返回前,再次俯瞰沟壑底:眼前展开一卷画,画中藏着一首诗,诗里吟出一支曲。

山坳托着平静的水面,上空蒙上淡淡蓝色的雾纱,山浮于水,山水里穿透出神秘的朦胧。林木依然茂密,芫草渐已萋衰。幽邃壑谷垂伦,我淡定,胸中释然,心间超然。

暮秋冷雨

2011.11.06（周日）

沥沥秋雨，连续七八日下个不停，天蒙蒙灰冷冷，芜草萋萋，秋黄杨柳叶枝稀零落。湖对岸山麓，蒙着浓浓雾纱。

我和阿男似乎都在想到：钓不钓上鱼都不重要，坐在水边心情就好。于是，我们周六一早便到了沁县徐阳水库。

起雾时，湖面倒也平静，静得如梦境梦幻般令人神游，奇思异想。渐渐，雾里又开始穿透起时紧时慢的小雨。雨，不时夹着小风，裹着冷寒，袭身而来。我在红色薄棉外又加了件军大衣才略以御寒。这时想起，这里的气温虽为零上6到13摄氏度，但密集的冷雨却让人感觉寒意强烈。再过两三天就到了立冬时节了！想着，不免心底略有惆怅，还能再抓住几次垂钓机会呢？

大鱼不知栖息何处，只有数不清的小麦穗儿在闹窝。起初，还能抓住几口小鲫鱼，渐渐，下钩就是小麦穗儿捣乱。我不无夸张地对阿男说，这湖底铺了至少有半尺厚的小麦穗儿，浮漂根本无法竖立在水面。

快上午11点时，冷雨下得密实起来，近一个小时再没有一尾小鲫鱼进账，天也愈来愈冷了。我们只好收竿，准备转战长治安昌村小湖试钓。

在徐阳，虽只钓获了十尾左右的小鲫鱼，但总是来了一回，为来而不后悔。

中午，我和阿男找了个路边小店吃饭。店面很小，只能摆放三张小桌，中间还支着一个火炉，围坐着两个大人和一个小丫头喝水闲聊。炉火虽未点燃，但屋里却很温暖，店里的一对中年夫妇也很热情，招呼我们点了两个小菜两碗饸饹面，给我们倒上杯热水后就进入厨房分别炒菜做面忙起来。

看着我们俩的衣着，是赶来垂钓的，当地人很诧异，这冷的天，下着这连阴的

雨,还来遭这份罪来?

是的,这冷雨的天,在家睡睡懒觉,看着电视,看着书报,泡杯茶,点支烟,不是很舒适温馨吗?但谁又能理解钓鱼人为何愿意在这凄风冷雨中找什么乐子?

在这暮秋冷雨的天,我们来了,抛了竿,便是一种满足和收获!

下午一两点钟,我们到了安昌的湖边。湖岸没有一个人垂钓,甚至不见人影,只有湖心岛边枯黄的芦苇和岸边四周凋零的柳枝随风摇曳。我和阿男仔细环顾了一番,判断着风向和地形,选好了钓位,挂上清早开好的饵开始试钓。

徐阳水库钓位

运气不错,阿男抛竿不久就钓上他偏爱的大白鲦。我向阿男宣称,我要坚持抽五十竿,聚窝后再正式开钓,主攻小鲫鱼。只要小麦穗儿不闹腾,鱼开口就好办。

大概真的就是四五十竿,鱼来了,我钓上两三尾小白鲦后上开了鲫鱼,一个多小时,钓起十多尾二三两的小鲫鱼。

钓起的第一尾小翘嘴鱼

天空布满了阴霾,心情却十分爽朗。

突然,浮漂有力一沉,我扬竿中鱼,1#主线、0.6#子线绷得3.6米的渔竿有了弯度。鱼被牵到上水层闪起一道白光,我兴奋地对阿男说,翘嘴、翘嘴鲌,这冷雨天居然还能钓起翘嘴儿。虽说只有三四两,但感觉好极了!

阿男好奇地见识了什么是翘嘴后,问清漂相和钓法,声称他也要钓一条。我对阿男说:"这冷的天,钓上翘嘴不易,完全是碰上的,碰上的!"

之后，钓几尾鲫鱼，上一尾翘嘴，鱼情还真不错。我有了些底气，给长治钓友王老师打电话向他通报。王半信半疑，这冷的雨天，鱼还能有口？

下午5点钟左右，天色渐黑，我和阿男插上夜光棒钓了一会儿后，王驾车来巡视我们垂钓战果。我共钓上三十多尾鲫鱼、十多个白鲦，又"碰"上三尾翘嘴。王的钓瘾即刻被钩了起来，约定次日清早一道再来。

下午6点多钟，天就黑凄凄的了，浓密的乌云压在上空，又落起一阵沥沥冷雨。收竿回城途中，阿男声明，他再钓不上翘嘴就"抢"我两条，回家向老婆报喜。

今早7点半后，我们三人如约又到了安昌湖。天还是那样阴冷，鱼"口"突然消失了，阿男钓上了一尾小鲫鱼后终于钓上一尾小翘嘴，我唯一的一尾开竿鱼也成了今天的收竿鱼，居然还是"碰"到了一尾四两左右重的翘嘴鲌。但，这毕竟也满足了，它让我们对明年再来垂钓充满着期望。

三踏浮山

2012.3.11（周日）

一

这一冬天，就连春节放假还得加班工作，连冰镩也没摸过一下，真成了过冬闲的人了。

上周三下午下班途中，忽感天气暖和起来了，给浮山的杨村长打电话，得知水库岸边的冰已开始消融，于是，我与小孙和阿男联系南行钓一回。

相约周六早6点出发。5点半我一出楼门就愣住了，连续几日艳阳，今早却忽然变了脸，气温骤然下降，院里昏暗的灯光浮影，托着空中静静飘下的雪花。

怎么办？我分别给他俩拨去电话，这天气，即使冰不封冻，鱼也肯定不会开口的。这俩伙计，商量好似的回答，都已经起来了，那就踏踏雪去吧！

钓与不钓并不重要，关键是我们又来浮山了。踏上纷扬撒落雪花的水库垣梁，我们深一脚浅一脚地下到沟底，走近了又被封冻的湖边，再沿着陡峭的山势，艰辛地从泥泞和荆棘丛中连攀带爬，终于登上了垣梁，在白雪覆盖的冰湖下，留着一个下一次来垂钓的梦。

到了垣梁，还飘落着雪花

冰雪覆盖着的垫底水库又被封冻

二

上周又是连续几日的晴朗天气，上网查天气预报天气都不错，阿男有事去不成，我和小孙准备周末再踏浮山。

周六一早出门，我又被惊呆了，夜幕中大雪纷扬，院落和车顶车窗上都覆着厚厚的雪。分明，一起床就上网查过，全省部分地区有小到中雪，但浮山是晴天的！

我和小孙又通话，最后决定还是去看看。小心翼翼地驱车七八公里，到了高速路入口，因雪全线封闭，我们只好打道回府。

路上依稀来往的车辆，车轮压着吱吱作响的积雪，6点半多了，天幕依然漆黑，四周寂籁，城市里的人们还在熟睡着吧？

三

这周前三四天还是连续的晴天，但天公却似有意地和钓鱼人过不去，周四晚上突然又是一夜骤然降温。

这一次，小孙有事，我和阿男还是毅然地决定要再踏浮山。小孙不无遗憾地对我俩讲，他这次去不成，但我俩肯定会有收获的。

太阳快升高时，我俩下了高速，在通往浮山的公路边小摊儿，一人吃了一碗热乎乎的稍子汤面。

一路上，我们一直拿不定主意在何处选定钓位——南北朝向的沟汊背风向阳水浅草多，水温升高快水中溶氧多食物多躲避性强，鲫鱼肯定相对密集，但太容易挂底，不好施钓；去年在东西朝向大水面垂钓的钓位，水相对深得半米多，但鱼个体较大，也相对避风向阳。最后考虑到下到沟壑底相对好点，我们先选择了后者。

临岸碧波，心情即刻荡漾起来。拿铁锹先整修钓位，然后开饵组装钓具。修钓位时，挖出几条蚯蚓，顺手放入饵料盒里。当调漂下钩时，整10点钟，快到鱼开饭的时候了。对面山上的老树叉巢里的雌鸡咕咕地叫着，细长尾巴的灰山雀飞来窜去叽喳地唱着，它们似乎在向今春最早到这里的客人问候着。

这个季节在这个地方的水库垂钓，一般上鱼时间在上午11点到下午3点。如果不是前夜的降温，像今天的气候能稳定几日，这天儿鱼口应该是不错的。我一边抛竿一边向阿男讲些早春钓鱼的体会。但快到12点了，这里都没有口。我们俩商量一番，背起沉重的钓箱沿着湖边向最初考虑的沟汊转移。

果不出所料，到了沟汊后，阿男把挂上蚯蚓的钩抛向了草窝，还没调好漂时，就有动作，双飞上了一对小鲫，随后又上了一尾小鲤。当我也支好钓位抛竿时，确实有口，但扬竿就挂底，连切了三副子线，而阿男也随之频频挂底。一簇簇草根枝杈被拽出水面，搅和得声响水混的，这哪能让鱼不惊恐而逃的。

中午1点钟，我俩人吃了点东西，就又返回到最初的钓位，至少那里扬竿舒畅，水面开阔，能掌控着不挂底不卖钩子的。

下午整两点，重返上午钓位抛竿过去足半个多小时，我面前的浮漂终于慢慢上顶起两目，随之稳稳的一目下顿，我随之扬竿，手里找到了久违的感觉，一尾二两多重的野生鲫鱼被拉出了水面——这是今年的开竿鱼，一尾来之不易的开竿鱼。

这尾野生鲫鱼让我开心不已，是足兴奋了许久！

这尾鱼上来后，我和阿男等了一个小时都没等来吃口的漂相。

气温开始下降了，下午3点我们收了竿。

久违的一口

四

几次来浮山，不是夜里到就是直奔水库，还真不知县城里是个啥模样。今天心情感觉很好，我们决定先找地方住下，到县城转转，早点休息，第二天再去试钓。

许久没有过的这种悠闲。单位忙了整整一年，我的垂钓事业也受到了整整一年的影响，每天工作、加班，节假日几乎都没休息过。

今天，心情是那样的轻松，一切看着都那样的亲切。

这座不算大也不算富裕，但却历史悠久的古老小县城，到处充斥着一种纯朴的民俗民风。

我忽然想起需要理个发——这些日子忙得连剃头的时间都快挤不出来了。我和阿男左打听右询问，在一个小巷子找到一家快打烊的小理发店。店里只有一个老板娘兼理发师，约摸三十六七岁的样子，见有客人来了，她赶紧把准备出门带上的挎包挂在墙上，热情地招呼我们进门。理发中，中年女人主动与我搭讪，问我是不是第一次来浮山理发，又介绍，她婆家包括她经营的这个店，她家在县城里开了四家理发店，如果我觉得理得还满意，欢迎下次再光临。

见我不大说话，中年女人就主动问我们来浮山干什么的。出于礼貌，我顺口瞎诌了一句是来种地的。见我俩上身都穿着马甲，又满身泥泞，中年女人倒也有些相信，但又有些疑惑，然后肯定地说，那你们一定是人们请来的技术员。

呵呵，从理发店出来，倍觉轻松许多，清心气爽。在这个小县城理个发，感觉真好。

我和阿男一边慢慢驱车，一边浏览县城街道。不经意上了县城东西走向的最宽的一条大道。路，顶到东面一座高高的山，山脚下，正在修建一个六七层楼高的暗红色门楼，门楼后的山顶上耸立起一坐高大的塑像。那塑像便是尧王像。那山当地称之为尧王山。

水高山高，水低山低，山浮于水。当地至今流传着尧王当年到此地视察洪水泛滥的故事。

那尧王山便是今日浮山县的起源。

五

夜色降临，小县城陆续亮起闪烁的灯光。寂静下来的路边小巷，又开始了一天中最后一次繁忙——突然出现了许多夜市小摊小贩。我和阿男环顾了几家，最后把车停在了马路边，在一个支起大棚布的摊位里，准备吃一顿地道的地方晚饭。

棚子里摆放着四张小桌，门口支着锅灶和面案。看似中年两口子和一个打杂帮工正有条不紊地忙碌着，和面、炒菜、洗碗、端菜、收钱，吆喝着、招呼着，迎来送往的。阿男和我分别要了一大一小碗酸菜玉米面饸饹，一个水煮猪蹄。就座后，女店主在桌上摆了两个碗，然后从锅里舀了一瓢滚开的面汤给我们倒上，又转身将和好的面再架在锅上的饸饹床上开始压面。

酸菜特别爽口，面汤也特别鲜美。我请阿男帮我专门要上一碗酸菜面汤。结账时，一大一小碗面十二元，多半碗酸菜加面汤老板说没这样卖过，收了一元钱。

和过路行人、县城市民在摊上吃了一顿如此美餐，真爽，痛快！

六

在县城吃过早饭退房后，我和阿男直奔水库。

今早风较大，天冷飕飕的，云层也较厚。9点钟到达昨天的沟汊口选好钓位时，太阳还懒洋洋地躲在云后面，不愿意出来。但今天的口却明显好于昨日，挖了几根蚯蚓，分别和红虫穿在双钩上，不

尧帝塑像

久，我和阿男就有了收获。

阿男对我讲，听我们单位同事说，去年体检就我这个老翁不缺钙，大家认为是我经常垂钓晒太阳的结果。我对阿男说，垂钓的好处不仅这一点，风吹、雨淋、跋山、涉水，融于天地之间，承接万物之气，吐故纳新，返璞归真，益处无穷。

快11点过后，鱼口突然消遁。见对岸草丛旁的湖面不时有水腥，阿男持竿游钓过去，果然，下竿就是一个双飞小鲫，而且不是很挂底。于是，我也背起钓箱，绕到对岸布新钓点。

下午1点多，阿男和小孙通电话，小孙开口就说，肯定钓上了，他一有事去不成我们就准能钓得不错。阿男通报，今天虽然风大天冷，但口反而比昨天好些，现在每人都钓了十几条鲫鱼了。小孙遗憾并羡慕地说，这季节能有口就不错了，能钓上十条就很满意了。

下午3点准时收竿，我和阿男差不多每人钓获都有三十多尾野生鲫鱼。收拾好钓具，我们要负重绕过潮湿的草滩，从没有路径的、长满荆棘的、陡峭的山梁攀爬上去，登上垣梁，准备返回。

这是最后一道严峻考验。钓箱钓具足有三四十斤重，穿着又厚笨，我和阿男几乎是连攀带爬，挪挪歇歇，用了三十多分钟的时间才大喘着气地上了山梁。坐在钓箱上，俯瞰着环绕沟底的玉带般湖面，我似乎再没有一丝气力站起身来了。

歇息了片刻，阿男喘着粗气对我说，这一攀爬，强迫性的剧烈运动，通身的血液加速地流动，使肺叶全部张开了，让如此清新的空气将腑脏彻底地清洗了一次，这将是这次垂钓的又一大收获。

沟壑山坡生长数百年的紫藤

环绕沟底的玉带般湖面